KB251925

걷고, 읽고, 쓰는

완전한 하루

최용식

'진짜 나'로 살아가기 위한 시간

걷고, 읽고, 쓰고.

내 하루는 이 세 가지 동사로 시작해 이 세 가지 동사로 끝난다. 누군가에게는 너무 평범해 보일지도 모른다. 그러나 퇴직 이후의 나에게 이 '3 GO'는 삶의 중심이자 방향이다. 일정에 쫓기지 않고, 누구의 눈치를 보지 않아도 되는 시간 속에서 나는 비로소 나만의 리듬으로 하루를 살아가고 있다.

인생의 반환점을 돌았다.

생애 전반부를 지배하던 책임과 역할의 무게에서 한발 물러나, 이제는 나 자신에게 조금 더 솔직해져도 되는 나이가 되었다. 거울 속 훵한 정수리와 은빛으로 내려앉은 머리카락은 세월의 흔적이지만, 그것은 쇠락이 아니라 또 다른 시작을 알리는 신호처럼 느껴진다.

우리는 베이비붐 세대의 끝자락에서 태어난, 흔히 말하는 '낀 세대'다. 부모를 부양해야 하고, 동시에 인공지능, AI 시대를 살아가는 자식 세대를 바라보며 또 다른 문턱에 서 있다. 어느 쪽에도 완전히 속하지 못한 채, 늘 중간에서 균형을 잡으며 살아온 세대다.

치열했던 인생의 전반부는 시시포스의 형벌과도 같았다.

매일 같이 밀어 올렸던 바위는 가족의 생계였고, 직장의 책임이었으며, '가장'이라는 이름으로 감내해야 했던 무게였다. 바위가 정상에 닿기도 전에 다시 굴러떨어지듯, 우리의 하루는 늘 반복되었다. 놀 줄도 몰랐고, 취미를 가질 여유도 없었다. 시계추처럼 일정한 속도로 흔들리며 살아온 시간이었다.

그러나 이제는 다르다.

인생의 후반부는 또 다른 벌판이다. 이번에는 무소의 뿔처럼 홀로 가야 하지만, 그 길은 더 이상 두렵기만 한 길이 아니다. 독수리가 바위에 부리를 부러뜨리고, 낡은 발톱을 뜯어내 다시 날아오르듯, 50·60의 나이는 다시 시작할 수 있는 출발점이다. 남은 시간은 '진짜 나'로 살아가기 위한 시간이어야 한다.

그래서 나는 관계를 다시 바라보기 시작했다. 아내와의 관계, 자식과의 거리, 친구들과의 만남을 하나씩 점검했다. 이제는 하고 싶은 일과 하기 싫은 일을 구분해도 괜찮은 나이이다. 얽매임 없는 시간이 얼마나 소중한지, 이제는 마음껏 누려도 된다.

퇴직한 지 어느새 5년이 흘렀다.

퇴직과 동시에 나는 하루를 기록하기 시작했다. 특별한 날이 아니어도, 대단한 사건이 없어도, 매일 저녁 일기를 썼다. 그날 걸었던 길, 읽은 문장, 문득 떠오른 생각을 차분히 적어 내려갔다. 가끔은 그 기록을 블로그에 옮기며 세상과 조심스럽게 나누기도 했다.

이 책은 그렇게 쌓인 일기들 가운데 일부를 다시 읽고, 다듬어 글로 엮은 것이다. 걷다가 멈춰 서서 생각한 순간들, 한 권의 책이 마음을 흔들었던 날, 글을 쓰며 나 자신을 마주했던 저녁들이 이 안에 담겨 있다. 퇴직 이후의 삶이 결코 비어 있지 않다는 것, 오히려 더 깊어질 수 있다는 것을 솔직한 체험으로 전하고 싶었다.

어느 날 벤저민 하디의 『퓨처 셀프』를 읽었다.
책의 메시지는 분명했다. 미래의 나와 지금의 나를 연결하라는 것. 1년, 3년, 5년, 10년 뒤의 나는 어떤 모습일까. 지금과 똑같이 살고 있다면, 미래의 나는 분명 이렇게 말할 것이다. "그렇게 살면 안 된다."

나에게 걷고, 읽고, 쓰는 일은 단순한 루틴이 아니다.
그것은 미래의 나를 불러오는 의식이다. 몸이 건강한 나, 내면이 충만한 나, 감사하며 사는 나를 만나기 위한 시간이다. 오늘의 한 걸음이 내일의 나를 만들고, 오늘 읽은 한 문장이 삶의 방향을 바꾸며, 오늘 쓴 한 줄의 글이 나를 지켜준다.

이왕 태어난 인생, 재미있게 살다 가야 하지 않겠는가.

가보고 싶은 곳이 있다면 가고, 해보고 싶은 일이 있다면 해보자. 우리는 걱정하고 불안해하기 위해서만 이 세상에 온 존재는 아닐 것이다. 순간을 사랑하고, 오늘을 붙잡아 즐기는 삶. 그래서 나는 '카르페 디엠'을 다시 마음에 새긴다.

이 책은 퇴직을 앞둔 50대, 이미 퇴직을 맞이한 60대 독자들에게 조용히 말을 건네고 싶다. 인생의 후반부는 준비되지 않은 공백이 아니라, 스스로 채워갈 수 있는 시간이라는 것을. 하루를 어떻게 보내느냐에 따라 남은 인생의 색깔이 달라진다는 것을….

걷고, 읽고, 쓰는 하루.

나는 앞으로도 그렇게 살 것이다. 10년 후에도, 20년 후에도, 그리고 삶의 마지막 날이 다가올 때까지. 이 글이 누군가의 하루를 조금 더 단단하게 만드는 데 보탬이 된다면, 그걸로 충분하다.

2026년 봄

차례

제5부 오늘 하루도 잘 보냈다

제6부 나의 계절도 함께 흐른다

제7부 나를 단단하게 만든 사람들

제1부
방향을 바꾼 날

지나온 시간은 돌이킬 수 없는 강물처럼 흘러갔지만,

그 흐름 속에는 기쁨과 상흔이 모두 원석처럼 박혀 있다.

어떤 기억은 반짝이며 나를 지탱했고,

어떤 기억은 날카롭게 나를 할퀴었다.

그러나 이제는 그 모두를 같은 거리에서

바라볼 수 있을 만큼 시간이 흘렀다.

아쉬움은 내려놓고 기억은 깊이 간직하며,

이제는 몸과 마음을 속박했던 굴레에서 벗어나

새로운 시간의 지평으로 걸어가려 한다.

나를 향한 시간의 귀환

　신축년, 흰 소의 해가 열렸다. 새해는 내 삶이 회갑이라는 이름으로 다시 시작되는 해이기도 했다.

　달력 한 장이 넘어가는 일은 매년 반복되지만, 60이라는 숫자는 단순한 연도의 쌓임이 아니라 하나의 생을 정리하게 만드는 무게로 다가온다. 세월은 늘 조용히 흘렀지만, 어느 날 문득 그 깊이를 실감하게 하는 순간이 있다. 나에게 신축년의 첫날은 바로 그런 날이었다.

　60년이라는 시간은 한 인간의 삶을 완전히 빚어내기에 충분했으나, 동시에 여전히 미완의 그릇으로 남겨두기에 부족한 시간인지도 모른다. 나는 여러 번의 선택 앞에서 최선을 다했다고 말할 수 있지만, 그 선택의 이면에는 늘 다른 가능성들이 그림자처럼 남아 있다. 이루지 못한 것들에 대한 아쉬움이 어렴풋이 스치지만, 그 또한 삶이 남긴 자연스러운 흔적일 뿐이다. 완결되지 않았기에 삶은 살아갈 이유를 남겨두고, 채워지지 않았기에 내일을 향한 여백을 허락한다.

나는 오늘 그 그림자 위에 빛을 드리우듯, "이만하면 잘 살아왔다"라고 자신에게 조용히 말해 보았다. 이 말은 자만도, 체념도 아니다. 수많은 날을 견뎌온 자신에게 건네는 최소한의 예의이자, 앞으로를 살아갈 자격을 자신에게 허락하는 선언에 가깝다.

지나온 시간은 돌이킬 수 없는 강물처럼 흘러갔지만, 그 흐름 속에는 기쁨과 상흔이 모두 원석처럼 박혀 있다. 어떤 기억은 반짝이며 나를 지탱했고, 어떤 기억은 날카롭게 나를 할퀴었다. 그러나 이제는 그 모두를 같은 거리에서 바라볼 수 있을 만큼 시간이 흘렀다. 아쉬움은 내려놓고 기억은 깊이 간직하며, 이제는 몸과 마음을 속박했던 굴레에서 벗어나 새로운 시간의 지평으로 걸어가려 한다.

퇴직과 회갑이 동시에 찾아온 이 시점은 끝이 아니라 전환이다. 사회적 역할이 사라진 자리에 공백이 생기지만, 그 공백은 곧 질문으로 채워진다. 나는 누구였는가, 그리고 이제 누구로 살아갈 것인가. 역할에서 벗어난 인간은 비로소 자신을 향해 귀를 기울일 수 있다. 더 이상 직함으로 불리지 않아도 되는 지금, 나는 나 자체로 존재할 수 있는 시간을 맞이했다.

태어나 60년, 그리고 생업의 30여 년은 마치 먼 우주 저편으로 밀려난 별빛처럼 아득하다. 한때는 하루하루가 전부였고, 성과와 책임이 삶의 중심이었지만, 이제 그것들은 하나의 궤적으로 정리되어 기억 속에 놓인다. 그렇다면 내가 꿈꾸던 세상은 오히려 지금부터 천천히 모습을 드러내는 것은 아닐까. 청춘의 날들은 분주함 속에 흘러갔지만, 앞으로의 날들은 의미가 응축되고 깊어지는 시간이 될 것이다.

나는 이제 속도보다 방향을, 양보다 밀도를 생각한다. 채우고 비우는 일의 균형을 다시 배우는 시기다. 무엇을 더 가질지가 아니라, 무엇을 내려놓을 것인가가 삶의 품위를 결정한다는 사실을 이제야 조금씩 이해한다. 불필요한 관계, 습관적인 의무, 타인의 기대에 맞추기 위해 애써온 시간들을 하나씩 내려놓을 때, 마음속에는 비로소 숨 쉴 공간이 생긴다. 내려놓은 만큼 마음의 공간이 넓어지고, 그 빈자리에 햇빛이 들기를 조용히 바랄 뿐이다.

60년을 보내며 문득 깨닫는다. 나라는 존재는 우주의 광야를 떠도는 작은 먼지와도 같다. 어디에서 왔으며 어디로 가는지, 인간은 끝내 알 수 없다. 그러나 그 불확실성 앞에서 주저앉는 대신, 미지의 방향으로 걸어가는 존재만이 인생이라는 길을 완성해 나간다. 꺼져가는 불씨라도 바람 한 줄기만 스치면 다시 살아나듯, 내 안의 불씨 또한 다시 타오를 때를 기다리고 있다.

새해의 첫날이 새로운 시간의 문을 여는 것처럼, 내 삶 또한 한 겹의 껍질을 벗고 새롭게 태어난다. 지나온 시간은 다이아몬드의 원석처럼 다시 광산으로 들어갔다. 이제 나는 또 다른 채굴자가 되어, 그 원석을 꺼내어 전혀 새로운 광채를 품은 보석으로 다듬을 것이다. 경험은 기억으로만 남을 때 빛을 잃지만, 사유와 기록을 거칠 때 비로소 의미가 된다.

내가 지금 서 있는 자리는 나의 땅이며, 다가올 미래는 우주처럼 낮설고도 매혹적인 세계다. 원치 않는 일에 내 시간을 내어주지 않아도 되는 자유인이 된 지금, 기쁨은 더 이상 우연의 선물이 아니다. 스스로 선택한 하루, 스스로 만든 리듬 속에서 기쁨은 생활이 되고 습관이 된다.

감사와 행복, 건강과 나눔. 이 모든 덕목은 삶이라는 광산에서 새롭게 캐내야 할 또 하나의 보석이다. 이 보석들은 누군가에게 보여주기 위한 장식이 아니라, 나의 시간을 지탱하는 내적 자산이 될 것이다. 60의 문턱에서 나는 비로소 안다. 인생의 후반부는 쇠퇴가 아니라 정제의 시간이라는 것을. 더 적게 가지되 더 깊이 살아가는 삶, 그 길 위에 나는 오늘 조용히 첫발을 내디뎌 본다.

고요한 터널을 지나며

"밀양까지 뚫린 울산-함양 고속도로를 한번 달려볼까요? 맛집도 가보고."

갑자기 연락한 지인의 제안에 선뜻 대답하지 못했다. 아내의 진료 상담으로 병원에 가기로 약속한 터였다. 망설이며 다시 연락하겠다고 말했는데, 잠시 뒤 아내가 내 눈치를 알아차린 듯 말했다.

"내일 가도 돼요. 다녀오세요."

그 한마디가 길을 열었다. 나는 퇴직 선배에게 연락을 넣었고, 셋이서 '백수의 자유'를 만끽하러 길 위에 올랐다.

최근에 부분 개통된 고속도로는 마치 세상을 향한 거대한 숨줄처럼 산세를 가르고 뻗어 있었다. 터널을 빠져나오면 또 터널, 넘으면 다시 나타나는 산줄기. 인간의 능력이 어디까지 확장될 수 있는지 생각하게 만드는 풍경이었다. 태산 같은 산을 어떻게 깎고, 어둡고 긴 터널을 어떻게 뚫어냈을까. 그 끝없는 터널의 연쇄는 어쩐지 내 인생을 압축한 상징처럼 느껴졌다.

돌이켜 보면 30여 년의 공직 생활도 이와 다르지 않았다. 해결되지 않는 민원에 잠 못 이루던 밤들, 한고비를 넘기면 또 다른 문제가 어둠처럼 찾아오곤 했다. 터널은 끝나는 듯 보였지만, 또 다른 긴 터널이 이어졌다. 그 긴 필름의 영상 같은 세월이 고속도로의 풍경처럼 스쳐 지나갔다.

사람은 누구나 자신이 얻을 것이 없으면 쉽게 움직이지 않는다. 사회라는 광장에서는 이타심보다는 사익이 먼저 발화되는 경우가 많았다. 나 또한 그 속에서 상처를 주기도, 상처를 받기도 했다. 그러나 이제는 그 모든 기억을 내려놓으려 한다. 상처의 찌꺼기까지 붙들고 갈 필요는 없다. 30여 년을 함께해 준 모든 이들에게 고마움을 건네며, 내 인생의 새로운 막을 조용히 펼쳐보고 싶다.

도심을 벗어나 한적한 민물회 식당에서 점심을 먹고, 우리는 표충사로 향했다. 사명대사의 기개와 기도가 서려 있는 그 고찰은 언제 와도 마음 한구석을 숙연하게 만든다. 며칠 전 내린 눈이 녹으며 도로 위에 얼음처럼 얇은 긴장감이 남아 있었고, 자동차는 미끄러지지 않도록 조심스레 속도를 낮췄다.

문득 생각했다. 우리 인생도 눈 녹은 길과 같지 않을까. 겉으로는 평탄해 보이지만 예기치 못한 미끄러짐이 있고, 조심해야 할 순간이 도처에 숨어 있다.

지나온 모든 날은 그랬고, 앞으로의 날들 역시 예측할 수 없다. 하지만 오늘만큼은 나의 선택이 분명히 영향을 미칠 수 있다. 내가 속도를 조절하고, 방향을 정하고, 하루를 어떻게 살 것인지 결정할 수 있다.

청춘의 시계는 언제나 쉬지 않고 달렸다. 너무 빨랐고, 너무 뜨거웠다. 그 속도에 맞추느라 숨이 턱 막히던 순간들이 있었다. 지금은 다르다. 눈 내린 도로를 걷듯, 천천히, 조심스럽게, 그러나 깊이 있게 나아가면 된다. 청춘의 아름다움이 광야의 사자처럼 거침없는 질주라면, 나이 듦의 기쁨은 고요한 호숫가에 스치는 바람처럼 잔잔한 것일 테다. 때에 따라 변하는 다름은 곧 또 다른 아름다움이다.

표충사 경내에는 추운 날씨에도 사람들이 찾아와 고찰의 숨결을 들이마시고 있었다. 천년의 고요가 기둥과 지붕을 타고 흐르는 듯한 분위기 속에 들어서면, 내 마음도 맑고 투명해진다. 오늘도 그 고요함은 나를 비켜 가지 않았다. 고해의 바다처럼 철썩이며 나를 덮쳐 오던 마음의 파도도 한결 잦아들었다. 나는 침묵 속에서 조용히 속삭였다.

"지금의 괴로움은 결국 내 마음의 그림자일 뿐이다."

짧은 겨울 해는 어느새 산등성이 너머로 기울었고, 우리는 다시 우리가 사는 곳으로 차를 돌렸다. 돌아오는 길에 문득 생각했다. 앞으로도 무한히 펼쳐질 수많은 시간, 그 보석 같은 순간들을 아무렇지 않게 흘려보내지 않고 싶다고. 오늘을 소홀히 대하지 않는 사람만이 내일의 빛을 맞이할 수 있음을.

감사한 오늘이 조용히 저물어 갔다.

내일의 작은 기쁨이 하나라도 더 내 곁에 머물기를, 조심스레 바라 본다.

마지막 기차를 멈추며

8개월간의 놀이터 일을 끝내는 마지막 날이다.

7월의 뜨거운 햇볕 아래서 시작한 일은 가을을 지나 겨울을 건너왔고, 이제 막 봄기운이 올라오는 시점에 마침표를 찍는다. 달력으로 보면 길지 않은 시간이지만, 계절 네 개를 온전히 통과했다는 사실이 이 시간의 무게를 말해주는 듯하다.

퇴직 이후 다시 얻은 일터였다.

'퇴직'이라는 단어가 삶의 끝맺음처럼 느껴졌던 시기를 지나, 나는 다시 출근하는 사람이 되었다. 짧은 기간제 일이었지만, 다시 일한다는 사실 하나만으로도 생활의 리듬은 달라졌다. 정해진 시간에 일어나 정해진 장소로 향하고, 하루를 타인과 함께 보낸다는 감각은 퇴직 후의 삶에 또 하나의 즐거움을 보태 주었다.

놀이터에서의 일은 단순했다. 출근하면 주변을 정리하고, 아이들이 타는 작은 기차를 멈추고 태우고 다시 출발시키는 반복이었다. 그러나 그 단순한 일상 속에서도 삶은 늘 새로운 얼굴을 데려왔다. 무엇보다 손녀 같은 아이들의 웃음을 마주할 수 있어 발걸음이 가벼웠다. 8개월을 함께한 동료와 팀장, 공익요원 역시 나의 하루를 이루는 소중한 사람들이었다. 직책도, 나이도, 살아온 시간도 달랐지만, 우리는 같은 공간에서 같은 시간을 나누었다.

사람이 모이는 곳에는 언제나 작은 갈등이 있다. 말 한마디, 일의 방식, 속도의 차이로 불편한 순간도 없지 않았다. 하지만 시간이 지나 돌아보면, 그것 또한 사람이 살아 있다는 증거였다. 완벽하게 매끄러운 관계는 없지만, 각자의 몫을 다하려 애썼던 순간들은 고스란히 기억에 남는다.

특히 젊은 동료들과 함께 일하며 많은 생각을 하게 되었다. 세대가 다른 연장자와 함께 일하는 일이 그들에게 얼마나 부담이었을지 이제야 가늠이 된다. 그럼에도 그들은 예의를 지켰고, 나는 그들로부터 지금 세대의 솔직함과 가벼운 유연함을 배웠다. 가르치고 배우는 관계라기보다, 서로가 서로에게 스며든 시간이었다.

우리 일을 이어갈 형님뻘 동료의 표정이 하루 종일 어두워 보였다. 지난달부터 함께 일하며 격의 없이 지내다가, 이제 혼자 남게 된다는 사실이 마음을 무겁게 한 듯했다. 그 모습이 낯설지 않았다. 만남이 있으면 헤어짐이 있다는 단순한 진리는 늘 겪고 나서야 실감하게 된다. 그 형님은 머지않아 또 새로운 사람들을 만나고, 우리를 차차 잊게 될 것이다. 그것이 세상이고, 사회생활의 이치일지도 모른다.

아이들을 태운 마지막 기차를 멈추며 문득 이런 생각이 들었다. 이 장면은 아마도 내 인생에서 마지막일지도 모르겠다고. 크지는 않지만, 분명 삶에 하나의 작은 역사가 새겨지는 순간이었다. 남들에게는 그저 짧은 기간제 일이었을지 모르나, 나에게는 퇴직 이후의 삶을 다시 돌아보게 한 소중한 시간이었다.

내일부터는 다시 출근 없는 날들이 이어진다.

누군가는 이를 자유라 부를 것이고, 누군가는 공백이라 말할지도 모른다. 제2의 퇴직이라고 하기엔 다소 과장일지 모르지만, 마음의 상태만큼은 그렇다. 이제 다시, 모든 시간은 온전히 나의 책임이 된다. 누구도 대신 하루를 설계해 주지 않는다.

퇴직 후의 시간은 생각보다 빠르게 흐른다.

'언젠가'라는 말이 점점 설득력을 잃어가는 나이다. 그래서 이 시간을 함부로 흘려보내고 싶지 않다. 운동을 하고, 책을 읽고, 글을 쓰고, 여행을 떠나고, 때로는 아무것도 하지 않은 채 사색에 잠길 것이다. 사람과의 관계 또한 소홀히 하지 않으려 한다.

행복은 큰 목표가 아니라 하루의 테두리는 사실을, 나는 이 짧은 8개월 동안 다시 배웠다.

밝게 살 것, 기쁘게 살 것, 그리고 가능하면 자주 웃을 것. 우울해질 이유는 언제든 생기지만, 웃을 이유는 스스로 만들어야 하는 나이가 되었다.

놀이터를 떠나며 조용히 뒤를 돌아본다.

아이들의 웃음소리, 동료들의 얼굴, 계절의 냄새가 마음 한편에 남는다. 이곳에서의 시간은 끝났지만, 이 시간이 나를 조금 더 단단하게 만들어 주었다는 사실만은 분명하다.

이제 다시, 나에게로 돌아간다.

남은 삶을 어떻게 채울지는 여전히 나의 몫이다. 그래서 오늘만큼은 스스로에게 이렇게 말해 본다.

잘 견디어 냈고, 충분히 애썼다고.

그리고 이 짧은 일터 또한, 내 삶의 소중한 한 페이지였다고.

내 자리가 아닌 자리에서

아버지 기일을 맞아 부산 형님 댁으로 향했다.

지난해 12월, 부전역에서 태화강역까지 개통한 동해선 전철을 집 가까운 덕하역에서 탔다. 자동차 대신 아내와 전철을 선택하니, 목적지가 분명한 이동임에도 작은 여행을 떠나는 기분이 들었다.

평일이었지만 전철 안은 발 디딜 틈이 없었다. 개통된 지 두 달 남짓, 새 노선이 궁금한 사람들에다 주말로 이어지는 금요일의 들뜬 기운이 더해진 탓일 것이다.

며칠 전 하지정맥류 수술을 받은 양쪽 다리가 서서히 저려 왔다. 새벽마다 장딴지가 굳어 '악' 소리가 저절로 튀어나올 만큼 숨이 막히는 쥐가 반복되었고, 병원에서는 수술을 권했다. 망설임 끝에 받은 수술이었다. 압박 붕대가 감긴 다리는 기민히 서 있는 일소자 버거웠다.

서생역을 지나자, 노약자 좌석 하나가 비었다.

아내가 낮은 목소리로 말했다.

"다리도 아픈데, 잠깐 앉아."

나라가 인정하는 '노인'이 되려면 아직 몇 해가 남았다. 노약자 좌석에 앉는다는 사실이 마음에 걸렸다. '정말 이 자리가 필요한 분이 오시면 바로 일어나야지.' 그렇게 스스로에게 변명을 달며 자리에 앉았다. 아내도 조심스럽게 내 옆에 앉았다.

그러나 불편함은 사라지지 않았다. 내 자리가 아니라는 감각은, 몸보다 마음을 먼저 긴장시켰다.

맞은편에 앉은 연장자 두 분이 요금과 소요 시간을 묻는다. 65세 이상은 요금이 면제라 했다. 평일에도 부산과 울산을 오가며 전철을 타는 어르신들이 많다는 이야기를 떠올렸다. 서 있는 사람들의 시선이 모두 나를 향하는 것 같았다. 사실 그 눈길은 정당하지 않다는 내 마음이 만들어 낸 것이었을지 모른다.

우리는 종종 내 자리가 아닌 삶을 선택하며 살아간다. 30여 년 전, 막 사회에 발을 들였을 때의 내가 그랬다.

새내기 주무관으로 첫 출근을 하던 날, 정장을 차려입고 청사 건물 앞에 섰을 때의 부푼 마음은 아직도 생생하다. 그러나 한 달쯤 지나자, 알 수 없는 위화감이 밀려왔다. 회의실에 앉아 있어도, 책상 앞에 있어도 늘 '여기가 아닌데'라는 생각이 따라다녔다.

어느 날 저녁, 큰형님과 형수님 앞에서 말했다.

"이 일은 제 자리가 아닌 것 같습니다. 그만두고 다른 길을 찾아 보겠습니다."

그때 형님이 나를 붙잡고 크게 나무랐다.

"몸에 안 맞는 새 옷도 처음엔 불편하다. 하지만 입다 보면 몸에 맞아진다. 처음부터 자기 자리 같은 자리는 없어."

그 말에 마음을 돌렸다. 그리고 정말로, 그 자리에 30여 년을 앉아 있었다.

지금에 와서 묻는다.

그 시간, 그 자리는 정말 내가 앉았어야 할 자리였을까?

답은 없다. 다만 분명한 것은, 그 자리는 이미 지나간 시간 속에 있다는 사실이다.

지금의 나는 또 다른 자리에 앉아 있을 뿐이다.

전철 안에서 생각했다. 높은 자리에 앉아 꿈쩍도 하지 않는 사람들은 정말 그 자리가 제자리일까. 자격이 없어 보이는데도 그 자리를 지키는 사람들.

문득 깨달았다. 지금의 내가 바로 그런 모습일지도 모른다는 것을.

오시리아역에서 노부부가 힘겹게 다가왔다. 그 순간, 더는 망설이지 않았다. 아내의 손을 잡고 일어섰다. 입석 손잡이를 붙드는 순간, 이상하리만치 마음이 편안해졌다. 잠깐의 편안함을 위해 반칙을 저질렀다는 부끄러움이 뒤늦게 밀려왔다.

퇴근 무렵 형님 댁에는 형제들이 하나둘 모여들었다. 왁자한 웃음 속에서 아버지의 얼굴이 떠올랐다. 이 광경을 보셨다면 참 좋아하셨을 것이다. 정성껏 제를 올렸다.

늦은 시간, 다시 집으로 향하는 전철을 탔다.

전철 안에서 철학자 몽테뉴의 한마디가 생각났다.

"사람은 자기 자리에 있을 때 가장 조용해진다."

또 한 문장이 마음에 남았다. 『월든』에서 소로는 말한다.

"사람은 대부분 자신이 선택하지 않은 삶을 산다."

내 자리가 아닌 자리에서도 시간은 흘러간다.

그러나 이제는 다르다. 남은 시간만큼은 반칙 없는 내 자리, 자연과 더불어 걷고, 읽고, 쓰며 기쁨과 충만함을 느낄 수 있는 자리에 앉고 싶다.

마음도 리모델링이 필요할 때

아파트 리모델링 공사가 시작된다는 연락을 받았다. 열흘 전 이미 견적을 마치고, 집 안을 함께 돌며 손댈 곳을 하나하나 짚었지만, 공사는 쉽게 시작되지 않았다. 업체는 늘 바빴고, 약속은 미루어졌다. 인도 여행을 떠나기 전 모든 일을 마치고 싶었던 계획은 자연스럽게 어긋났다.

젊은 날의 나는 이런 상황을 쉽게 받아들이지 못했을 것이다. 계획이 흐트러지면 마음부터 먼저 흔들리곤 했다. 그러나 지금은 안다. 인생에서 계획대로 되는 일보다, 계획에서 벗어나 흘러가는 일이 훨씬 많다는 것을. 그래서 이번에는 상대를 이해하는 쪽을 선택했다. 느긋해진 것이 아니라, 내려놓을 줄 알게 된 것이다. 어쩌면 이것이 나이 듦의 본질일지도 모른다.

공사의 첫 단계는 늘 비움이다. 새것을 들이기 전에, 오래된 것을 내보내야 한다. 30년을 함께한 장롱과 서랍장, 두 아들이 학창 시절을 보냈던 책상과 침대가 차례로 집을 떠났다. 가구 하나하나에 긴 시간이 묻어있었다. 서툴던 부모였던 시절, 분주했던 가장의 시간,

아이들이 잠들던 밤의 기척까지 모두 그 안에 들어 있었다.

물건이 나가고 난 뒤 집은 뜻밖에도 조용했다. 넓어졌지만, 허전했다. 언제 이렇게 세월이 흘렀을까. 그날이 그날 같던 시간 속에서 아이들은 어른이 되었고, 각자의 삶으로 흩어졌다. 아이들에게 부모의 집은 어느 순간 '머무는 곳'이 아니라 '잠시 들르는 곳'이 되었다.

이 변화는 서운함이 아니라, 자연의 이치에 가깝다. 떠남은 성장의 증거이기 때문이다. 다만, 남겨진 자리에 적응하는 일은 언제나 우리의 몫으로 남는다. 안방에는 붙박이장을 새로 들이고, 서재로 만든 작은아들 방에는 책장을 빙 둘러놓을 예정이다. 더 많은 물건을 담기 위해서가 아니라, 남은 삶을 더 단정하게 살기 위해서다. 삶의 후반부는 확장이 아니라 정리의 시간이다. 무엇을 더 가질 것인가가 아니라, 무엇을 남길 것인가를 묻는 시기다.

오늘이 아들 생일이라는 사실을 뒤늦게 떠올렸다. 함께 살지 않는다는 이유로, 바쁘다는 핑계로 자식의 시간을 놓치고 있었다. 생일을 챙기지 못한 미안함보다 더 아프게 다가온 것은, 무심해진 나 자신이었다. 세월은 부모와 자식 사이에도 거리를 만든다. 문제는 그 거리가 생겼다는 사실보다, 우리가 그것을 당연하게 받아들이기 시작했다는 데 있다.

리모델링은 집만의 일이 아니었다. 묵은 장롱을 비우며, 입지 않으면서도 버리지 못했던 옷과 이불을 꺼냈다. 거실 가득 쌓인 옷가

지들은 한 사람의 인생 연대기 같았다. 생일선물로 받았던 코트, 결혼기념일에 건넸던 스카프, 이제는 색이 바랜 기억의 흔적들로 남았다.

버리지 못했던 것은 옷이 아니라, 그 시절의 우리였다. 지나간 시간에 대한 미련, 다시 돌아갈 수 없다는 사실에 대한 아쉬움. 그러나 새로운 삶은 늘 빈자리에서 시작된다. 비워야 들어오고, 내려놓아야 새로 세울 수 있다. 이것은 집의 원리이자, 인생의 진리다.

공사는 생각보다 더디게 진행되었다. 눈에 띄는 변화보다, 문이 내려앉고 틈이 벌어진 곳처럼 사소하나 그냥 지나칠 수 없는 부분에 손이 더 많이 갔다. 삶도 그렇다. 후반부의 삶을 지탱하는 것은 화려한 성취가 아니라, 보이지 않는 균형이다. 미세한 몸의 변화, 마음의 작은 떨림, 그냥 넘겨도 표 나지 않는 신호들. 그것을 얼마나 귀하게 다루느냐가 노년의 질을 결정한다.

오전만 일을 하고 돌아간 업체 사장에게 한마디 하려다 그만두었다. 이제는 옳고 그름을 가르기보다, 서로의 사정을 이해하려는 쪽을 선택하고 싶었다.

삶의 후반부에는 이겨야 할 상대보다, 품어야 할 사람이 더 많다. 분노를 줄이고 이해를 늘리는 일, 그것 또한 삶의 중요한 리모델링이다.

우리의 나이는 끝을 준비하는 시간이 아니라 다시 시작하기에 가장 현실적인 시기다. 젊음은 가능성으로 가득하지만, 방향이 흔들리고, 노년은 안정되어 있지만 기력이 줄어든다. 그 사이에 선 우리 나이대는 경험과 판단, 체력과 지혜가 아직 균형을 이루는 유일한 시기다.

이제 우리는 인생을 다시 설계할 수 있다. 더 빠르고, 더 깊게, 더 정확하게 해야 한다는 것을, 오늘 아파트를 고치며 깨달았다. 삶도 충분히 다시 고칠 수 있다는 것을. 지금이라서 가능한 리모델링이 있다는 것을 알았다.

아파트를 고친다는 것은 단순히 공간을 바꾸는 일이 아니다. 살아온 시간을 인정하고, 남은 시간을 존중하는 태도다. 묵은 것을 버리고, 필요한 것만 남기며, 나답게 살아갈 구조를 만드는 일이다.

오늘 나는 오래된 물건을 치우며, 내 삶의 구조를 다시 들여다보았다.

그리고 확신했다. 지금이야말로 다시 출발하기에 가장 좋은 때라는 것을.

아파트도, 몸도, 마음도. 모든 것은 아직은 충분히 새로워질 수 있음이 아닐까.

퇴직자의 하루는
이렇게 채워진다

“소쩍, 소쩍.”

밤이 깊어 갈수록 소쩍새 울음이 더 또렷해졌다. 잠자리에 누웠지만 쉽게 잠들 수 없었다. 적막이 쌓이듯 고요한 상념도 쌓여갔다. 맥문동 수확 철이라 동생 부부의 일손을 돕기 위해 아내와 함께 본가에 온 밤이었다. 어머니 곁에서 하룻밤을 보내며, 오래전 흐릿해진 그 시절의 기억을 더듬어 보려던 참이었다. 그 마음을 알 듯 소쩍새 울음이 밤을 채웠다. 잊고 지냈던 유년의 색채를, 밤새가 대신 그려내 주는 듯했다.

처음에는 혼자 다녀올 생각이었다. 가게 일도 있고, 굳이 아내까지 고생시킬 일은 아니라 여겼다. 그런데 아내가 먼저 말했다. 가게 일을 마치고 늦더라도 함께 가서 하룻밤 자고, 다음 날 돕고 오자고. 월요일 쉬는 날을 반납하면서까지 동행하겠다는 말이 고마웠다. 퇴직 이후의 시간은 느슨해졌지만, 누군가의 하루는 여전히 빡빡하다는 사실을 그 말에서 새삼 느꼈다.

차를 돌려 고향으로 향했다. 내리던 비가 그치고 얼음골 주변으로 봄기운이 어둑하게 젖어 들었다. 도화지에 검은 물감이 스며들 듯 어둠이 퍼져가는 곳으로 마음은 고요히 따라갔다. 본가에 도착하니 마침 여동생 부부가 어머니를 뵈러 와 있었다. 우리가 온다는 소식에 기다리고 있었다고 한다. 매제 역시 아침부터 맥문동 수확을 거들었다고 했다. 늦은 나이에 인연이 되어 만난 동생 부부지만, 서로의 삶을 배려하는 모습이 다정했다. 특히 매제가 처가를 대하는 태도에는 남다른 따스함이 배어 있었다. 말수가 많지 않아도 진심이 전해지는 사람이라는 생각이 들었다.

무릎 수술 이후 부쩍 왜소해진 어머니의 모습이 눈에 들어왔다. 예전보다 훨씬 늙어 보이셨다. 가슴이 찡했지만 내색하지 않았다. 이제는 집에서 몸을 돌보시라고 말씀드려도, 가만히 있을 수는 없다고 하신다. 평생 일로 삶을 지탱해 온 사람에게 '쉼'은 오히려 낯선 형벌처럼 느껴질지도 모른다. 그 마음을 알기에 아무 말도 할 수 없었다. 무력함이 죄스러움으로 남았다.

제수씨는 야간 근무에, 낮에는 맥문동 수확까지 겹쳐 얼굴에 피로가 역력했다. 제수씨가 한국에 온 지도 어느덧 스무 해에 가까워진다. 베트남에서 동생을 만나 우리 가족이 되었고, 아들 둘을 낳아 키웠다. 그때 나는 동생과 함께 호찌민에서 제수씨를 처음 보았다. 낯선 땅, 낯선 가족 속으로 들어오는 일이 얼마나 큰 결심이었을지, 그때는 깊이 헤아리지 못했다.

민들레 홀씨가 바람에 떠밀려 낯선 땅에 내려앉아 노란 꽃을 피우듯, 제수씨는 이국의 타향에서 뿌리를 내렸다. 이제는 경주 최씨 집안의 며느리이자, 집안의 역사를 잇는 아이들의 어머니다. 해마다 사과밭을 일구고, 올해는 맥문동 농사까지. 그 수고로움의 무게를 생각하면, 말없이 버텨 온 세월이 고맙고도 미안했다. 동생 부부가 고생한 만큼의 보람을 거두었으면 하는 마음이 간절해졌다.

　하룻밤을 자고 아침을 먹은 뒤, 맥문동밭으로 나갔다. 이미 밭에는 베트남 여성 두 분이 먼저 나와 일을 하고 있었다. 제수씨가 베트남에서 시집온 지인을 통해 언니들을 소개받았다고 했다. 자매 사이인 두 사람은 단기 비자로 입국해 동생 집에서 출퇴근하며 일을 돕고 있었다. 말은 없었지만, 손놀림은 빨랐다. 같은 언어, 같은 기억을 가진 사람들이 이국땅에서 다시 만나 서로의 하루를 지탱해 주고 있다는 사실이 새삼스러웠다.

　아내와 내가 할 일은 수확기로 파헤쳐진 맥문동 몸통에서 흙을 털어내고, 뿌리에 붙은 열매를 손으로 따는 작업이었다. 땅콩처럼 생긴 열매는 생각보다 단단히 붙어 있어 쉽게 떨어지지 않았다. 허리를 굽히고 손끝에 힘을 주는 단순한 일이었지만, 시간이 시날수록 손목과 허리에 묵직한 피로가 쌓였다.

　그제야 맥문동이 왜 값이 나가는지 알 것 같았다. 파종부터 시작해 풀 뽑기, 거름주기, 겨울나기, 그리고 접착제처럼 강한 뿌리를 수확기로 파헤쳐야 하는 과정까지. 수확이 끝난 뒤에도 열매를 깨끗이 씻고, 물기를 빼고, 이틀 동안 건조기에 말린 뒤 다시 불순물을 골라내야 한다. 그 모든 과정에 사람의 손이 필요하다. 기계 임대료와 인건비를 생각하면, 농사는 늘 계산이 빠듯할 수밖에 없다. 게다가 재배 농가가 늘어나 가격이 떨어질까 걱정이라는 말에, 농부의 하루가 단순히 땀의 문제가 아니라는 사실을 실감했다.

해가 기울 때까지 열매 수확을 끝내려 했으나 생각처럼 쉽지 않았다. 결국 다음 날도 베트남 자매를 다시 불러 마무리하기로 했다. 제수씨는 야간 근무를 나가면서 그들을 승용차에 태워 함께 떠났고, 우리는 일손을 놓았다. 하루 종일 허리를 굽히고 손을 움직인 노동에도 마음은 한결 가벼웠다. 비록 큰 도움이 되었는지는 알 수 없지만, 돕고 싶다는 마음을 몸으로 옮겼다는 사실만으로도 충분했다.

저녁을 먹고 어머니가 챙겨주신 채소를 차에 싣고 울산으로 돌아왔다. 아내는 온몸이 뻐근하다면서도 얼굴에는 웃음이 가득했다. "힘들긴 한데, 기분은 좋네." 그 말이 나를 더욱 기쁘게 했다. 퇴직 이후의 하루는 종종 비어 보인다. 하지만 이렇게 누군가의 삶에 작은 힘을 보태는 날은, 하루가 더 단단해진다.

소쩍새 울음으로 시작된 고향의 밤은, 맥문동밭의 흙냄새와 사람들의 숨결로 이어졌다. 그리고 돌아오는 길, 차창 밖 어둠 속에서 나는 깨달았다. 퇴직자의 하루를 바꾸는 것은 이렇게 마음을 내어 누군가의 하루에 스며든 것임을. 그래서 나는 매일 내 하루를 일기로 남긴다. 그 일기는 오늘을 아무렇게 보내려 하지 않는 마음과 내일은 더 감사한 하루를 살기 위한 출발이다.

새벽에 시작되는
퇴직자의 하루

어김없이 새벽 4시에 눈을 뜬다. 알람이 울리기 전, 몸이 먼저 하루를 알아본다. 젊을 때는 억지로 깨워야 했던 시간이었는데, 이제는 새벽이 나를 부른다. 창문을 열고 호수공원으로 향하면 어둑한 하늘에 새벽달과 별들이 아가 눈망울처럼 반짝인다. 한여름의 열기가 물러간 가을의 공기는 서늘하고 맑다. 여름 내내 붐비던 새벽 운동가들도 하나둘 자취를 감추고, 공원은 다시 고요를 되찾는 중이다.

이 시간의 공원에는 늘 같은 얼굴들이 있다. 자그마한 체구의 한 어르신이 오늘도 퓨전 창을 부른다. 청아하면서도 단단한 목소리가 공원 전체에 울려 퍼진다. 사람들이 지나가든 **말든**, 그는 오롯이 자신의 호흡과 소리에 집중한다. 처음엔 '참 넉살도 좋으시다'라고 생각했지만, 매일 마주치다 보니 어느새 정겨운 새벽의 배경음악이 되었다. 얼굴이 마주치면 내가 먼저 인사를 건넨다.

"반갑습니다. 항상 새벽 창가 감사합니다."

"네, 오늘 하루도 기쁘게 맞이하세요."

환한 표정으로 미소를 짓는 그의 얼굴은 세월을 잊은 듯 맑다. 나이 들수록 사람의 얼굴은 살아온 시간을 고스란히 담는다는데, 그의 얼굴에는 기쁨과 평안함이 담겨 있다. 새벽은 이렇게, 말 한마디로도 하루를 밝히는 힘이 있다.

오늘은 발길을 조금 돌려 작은 종교 시설들이 모여 있는 언덕으로 오른다. 교회, 성당, 사찰이 나란히 자리한 곳. 우리나라에서 가장 작은 종교 시설로 기록원 인증을 받은 장소다. 종교인이 상주하지 않는 무인 공간이지만, 그래서 오히려 더 조용하고 자유롭다. 교회와 성당을 지나 '안민사' 가까이에 이르자 목탁 소리와 염불이 들려온다. 스님이 계실 리 없는데 싶어 보니, 한 남자가 스마트폰에서 흘러나오는 염불 소리에 맞춰 합장하고 있다. 기계에서 나온 소리일 뿐인데, 고요한 새벽 공기 속에서는 그마저도 청아하다.

나는 그 옆에 잠시 서서 함께 두 손을 모은다. 특별한 기도를 올리지 않아도 괜찮다. 그저 숨을 고르고 마음을 가만히 두는 것만으로 충분하다. 퇴직 이후의 하루하루가 이렇게 충만하기를, 밝아오는 숲과 하늘을 향해 조용히 빌어본다.

공원 벤치를 기구 삼아 팔굽혀 펴기와 어깨 펴기를 한다. 굳어 있던 가슴이 확 열리는 느낌에 긴 호흡을 몇 차례 반복한다. 축구장 트랙을 오늘의 '런웨이'라 생각하며 세 바퀴를 돈다. 걷는 속도는 빠르지 않다. 숨이 가쁘지 않은 정도, 이야기를 나눌 수 있는 정도가 딱 좋다. 이 나이의 운동은 기록이 아니라 지속이 목적이다.

고개를 들자, 산자락에 꽃무릇이 피어 있다. 새벽 불빛 사이로 붉은색이 선명하다. 넓은 군락을 이루어 마치 빨간 융단을 깔아 놓은 듯하다. 아, 가을이 왔구나. 문득 궁금해져 찾아보니, 꽃무릇과 상사화를 같은 꽃으로 알고 있었는데 닮았을 뿐 다른 꽃이라고 한다. 잎과 꽃이 서로 만나지 못해 '이루어질 수 없는 사랑'의 상징으로 불린다는 설명이 있었다. 만나지 못해 더 아름다운 것들. 인생에도 그런 장면들이 있었음을, 새벽은 조용히 떠올리게 한다.

호숫가 난간에 기대 동녘 하늘을 바라본다. 곧 해가 떠오를 것이다. 새벽은 낮에는 보이지 않는 보석들의 전시회장 같다. 옥구슬 같은 이슬, 반짝이는 별과 달, 은빛 물결의 호수, 눈에 보이지 않지만 분명 파란색일 것 같은 바람. 이 귀한 시간 앞에 서 있으면 오늘 하루도 헛되이 보내지 않겠다는 다짐이 저절로 생긴다.

놀이터 입구에서 신발을 벗고 맨발로 황토 흙을 밟는다. 촉촉한 감촉이 발바닥을 타고 온몸으로 퍼진다. 땅의 기운을 직접 받는 느낌이다. 나이 들수록 우리는 머리로만 살기 쉬운데, 맨발 걷기는 몸이 살아 있음을 다시 알려준다.

나는 새벽을 사랑한다. 새벽이 있기에 하루가 흐트러지지 않는다. 아침에 이미 나를 돌보았다는 사실이 저녁의 마음을 가볍게 한다. 후반기 인생에서 새벽은 단순히 이른 시간이 아니다. 젊을 때는 성취를 위해 새벽을 썼다면, 지금의 새벽은 나를 살리기 위한 시간이다. 남과 경쟁하지 않아도 되고, 누구의 평가도 받지 않는 시간. 오롯이 나 자신으로 존재할 수 있는 시간이다.

우리 세대에게 새벽은 최고의 선물이다. 몸은 아직 움직일 수 있고, 마음은 비워 갈 줄을 배워가는 시기. 이때의 새벽 루틴은 거창할 필요가 없다. 걷고, 숨 쉬고, 바라보고, 감사하는 것. 그 작은 반복이 하루를, 그리고 인생의 후반기를 단단하게 만든다.

새벽 인간으로 살아가는 하루하루가 그저 감사하다. 오늘도 새벽이 나를 불러주었고, 나는 기꺼이 응답했다. 이 조용한 기쁨이 쌓여 후반기 인생의 가장 든든한 자산이 되리라 믿는다.

다시 가슴을
활짝 펴고 싶었다

　금요일은 아무리 바빠도 대학으로 향한다. 시니어 모델반 수업이 있는 날이다. 은퇴 후 시간은 많아졌지만, 막상 어디에 써야 할지 몰라 흐릿해지기 쉬운 시기다. 그래서 나는 이 수업을 걷고, 읽고, 쓰고의 다음 순위에 둔다. 나이 든 남자가 굳이 모델 수업이냐고 묻는 사람도 있지만, 바로 그런 시선 때문에 더 의미가 있다.

　솔직히 처음에는 망설였다. 남자가, 그것도 예순을 넘긴 나이에 워킹 수업이라니. 어색하고 쑥스러운 감정이 앞섰다. 평생 일터에서는 '남자답게' 서두르고 버티며 살아왔지, 자세를 가다듬고 몸의 균형을 생각하며 걷는 법을 배워본 적은 없었다. 퇴직과 함께 사회적 역할이 줄어들자, 몸도 마음도 서서히 무너지고 있다는 느낌이 들던 참이었다.

　수업은 생각보다 쉽지 않았다. 발을 어디에 두어야 하는지, 박자를 어떻게 세어야 하는지조차 헷갈렸다. 4박자, 3박자, 2박자를 반복해 복습하며 걷기와 턴 연습을 했다. 머리로는 이해가 되는데 몸이 따라주지 않는다. 젊을 때부터 운동신경이 둔하다는 사실을 다시 확인하는 시간이기도 했다. 그래도 답은 분명했다. 반복, 또 반복밖에는 없다는 것.

이 수업의 진짜 가치는 '모델 흉내'를 내는 데 있지 않다. 허리를 펴고, 어깨를 내리고, 시선을 들어 올리는 순간 몸의 중심이 달라진다. 그동안 나는 내 몸을 너무 함부로 써왔다. 일할 때는 혹사했고, 은퇴 후에는 방치했다. 이제는 관리해야 할 대상, 함께 오래 가야 할 동반자로 몸을 바라보게 되었다.

시니어 모델에 관심을 갖게 된 계기는 우연이었다. 영상 속 시니어 모델들에게는 공통점이 있었다. 젊음을 흉내 내지 않았고, 걸음걸이 하나로 당당했다. '나이 들어도 이렇게 꼿꼿이 설 수 있구나' 하는 생각이 들었다. 동시에 이런 의문도 들었다. 외모도, 키도, 운동신경도 평범한 내가 과연 그렇게 보일 수 있을까? 답은 여전히 '쉽지 않다'였다.

그러다 지역대학 학습반 안내에서 '시니어 모델 초급반 모집'이라는 문구를 보았다. "누구나 뜻만 있으면 대환영." 그 말이 마음을 건드렸다. 퇴직 후 활력을 찾고, 자세를 바로잡고, 무엇보다 집과 공원, 텔레비전 사이에 갇히지 않고 사람을 만나고 싶었다. 그렇게 나는 용기를 냈다.

수강생은 열다섯 명, 남자는 나를 포함해 세 명뿐이었다. 처음에는 더 위축되었다. 하지만 곧 알게 되었다. 이곳에서는 잘난 사람이 아니라, 계속 나오는 사람이 이긴다는 사실을 말이다. 서점에서 시니어 모델 체험기를 다룬 책을 한 권 사 읽었다. 그들 역시 처음에는 우리처럼 어색했고, 몸이 말을 듣지 않았다고 했다.

모델협회장은 수업 첫날 내 워킹을 보고 운동신경이 둔하다는 걸 바로 알아차렸다고 했다. 몇 주가 지난 오늘 얼마나 발전했는지 보겠다는 말에 괜히 긴장됐다. 그동안 배운 워킹과 포즈를 반복한 뒤 개인 실습이 이어졌다. 내 차례가 끝나자, 처음보다 확실히 나아졌다는 평가가 돌아왔다. 남자에게 칭찬은 생각보다 큰 연료다. 다시 해볼 힘이 생겼다.

지난주 수업에서는 강사와 동료들이 내 걸음이 팔자(八子)걸음이라고 지적했다. 60년 넘게 그렇게 걸어왔는데도 전혀 의식하지 못했다. 바른 걸음을 걸어보려 애써도 몸은 쉽게 돌아오지 않는다. 그래도 포기하지 않는다. 모델반 수업 이후 길을 걸을 때면 다른 사람들의 발걸음이 눈에 들어온다. 젊은 남자들도 대부분은 생각 없이 걷고 있었다. 이번 수업을 통해 우선 팔자걸음을 11자 걸음으로 꼭 고쳐야겠다고 다짐했다

이 수업을 통해 내가 얻은 가장 큰 수확은 '관계'다. 남자들은 은퇴 후 사람을 잃기 쉽다. 직장이라는 울타리가 사라지면 말 걸 곳도 줄어든다. 이 교실에서는 서로의 서투름을 웃으며 받아준다. 누군가는 조금 더 빨리 늘고, 누군가는 더디다. 그래도 우리는 함께 반

복한다.

　나는 모델이 될 조건을 갖추지 못했다. 그래서 욕심을 부리지 않는다. 다만 바른 자세로 걷고, 당당한 걸음걸이로 자존감을 올리며, 땀이 나는 몸으로 하루를 마무리하고 싶다. 그 정도면 충분하다. 시니어 모델을 꿈꾼다는 사실 하나만으로도 나는 이전보다 분명히 살아 있다.

　이제 금요일을 기다리는 마음이 생겼다. 남자에게도 설렘은 필요하다. 가슴을 펴고, 당당한 워킹의 반복, 또 반복. 이 단순한 과정이 인생 후반부의 나를 다시 세운다. 모델이 되지 않아도 좋다. 다시 걷고, 다시 사람 속으로 들어가는 것, 그것이면 충분하다.

계절이 바뀌듯,
우리도 바뀌어야 한다

　가게가 한산할 것 같다며 아들이 어머니는 나오지 말라고 했다. 겨울철에는 아무래도 공원을 찾는 발길이 뜸해지니 가게도 조용할 수밖에 없다. 그 말을 전해 듣고 나는 잠시 생각에 잠겼다. 예전 같으면 매출을 걱정했을 터인데, 지금의 나는 하루를 어떻게 보낼지 헤아린다. 아내와 따스한 햇살 아래 어디로 나가 볼까 상의하다가, 집에서 가까운 대공원 숲길을 함께 걸었다.

　겨울답지 않게 부드러운 햇살이 등을 밀어주었고, 수북이 쌓인 마른 낙엽에서는 지난 계절의 내음이 올라왔다. 바스락거리는 소리 위로 우리의 발걸음은 나아갔다. 그 길 위에서 나는 다시 한번 깨닫는다. 구속 없는 자유로움이야말로 삶의 기쁨이라는 것을.

　돈을 벌지 않고 하루를 보내면 세상은 그를 쉽게 '백수'라 부른다. 그런 논리로만 따지면 나 또한 분명 백수다. 그러나 이제는 돈으로만 하루의 가치를 재는 기준에 선뜻 동의하고 싶지 않다. 하루하루가 즐겁고, 시간을 죽이는 날이 아니라 충만함으로 채워지는 날이면 충분하지 않을까.

충만함이란 대단한 성취가 아니라 오직 나를 위해 쓰는 시간이다. 조금 더 새롭게 변하기 위해 꿈꾸는 시간, 어제의 나를 반복하지 않으려는 사소한 애씀, 그 낭비 없는 시간이면 족하다. 책을 펼치면 시간과 공간을 초월한 사람들을 만난다. 그들의 사유와 고뇌를 따라가다 보면 내 생각의 폭도 조금씩 넓어진다. 독서의 달인들은 무엇을 읽을 것인가보다 어떻게 읽을 것인가가 중요하다고 말한다. 천천히 곱씹고, 질문하고, 나에게 되돌려 묻는 읽기. 그리고 그런 사유를 깊게 하려면 산책이 필요하다고 했다.

아침마당에서 사회자가 농담처럼 말했다. 세상에서 가장 좋은 책은 "산책"이고, 또 하나는 내가 "산 책"이라고 했다. 위대한 작가와 성공한 이들은 산책하며 새로운 아이디어를 얻었다는 이야기는 익히 들어 알고 있다. 걷는다는 것은 몸을 움직이는 일이면서 동시에 생각을 흔드는 일이다. 나에게 질문하기, 익숙한 것을 낯설게 바라보기, 사소한 것에 호기심을 갖기. 퇴직 후 책을 읽고 걸으며 보내는 하루하루가 내게는 더없이 행복하다.

어떤 지인들은 묻는다. 그렇게 살면 지겹지 않으냐고. 그들의 기준으로는 무료해 보일지도 모른다. 그러나 삶에는 각자의 리듬이 있다. 빠르게 달려야만 의미 있는 것이 아니듯, 천천히 걷는다고 해서 뒤처지는 것도 아니다. 중요한 것은 내가 어떤 마음으로 오늘을 통과하느냐다.

산책을 하며 나는 '새로움'에 대해 생각했다. 매일 떠오르는 태양, 집 앞에 변함없이 서 있는 나무들. 아무리 새롭게 보려 애써도 늘 같은 풍경처럼 느껴질 때가 있다. 그러다 문득 깨달았다. 너무 큰 것만 보려는 내 눈과 머리가 새로움을 가로막고 있다는 사실을. 계절마다 달라지는 햇빛들, 시간마다 길어졌다 짧아지는 그림자, 바람의 온도. 큰 변화만을 기대하느라 작은 변화를 보지 못했던 것이다.

돌아보면 나는 쉽게 변하지 않는 사람이었다. 타고난 기질 탓일 수도 있고, 안이한 생각이 몸에 배었기 때문일 수도 있다. 조금 더 적극적이고 능동적이었으면 어땠을까 하는 아쉬움이 스치기도 한다. 그러나 지난날은 이미 흘러갔다. 중요한 것은 지금, 그리고 앞으로의 시간이다. 완전한 하루를 살아내며 어제와 조금 다른 나로 나아가는 것, 그것이 퇴직 후 내가 붙든 철학이다.

산길을 돌아 호국영령을 기리는 현충탑을 지나 대공원 산책로로 나왔다. 12월도 중순을 향해 가는데, 빨강과 노랑 단풍이 아직 가을인 양 나뭇가지에 매달려 있었다. 사람들은 무심히 스쳐 지나간다. 철 지난 단풍은 눈에 잘 들어오지 않는다. 모든 풍경에는 제때가 있는 모양이다.

만약 지금 하늘에서 함박눈이 펑펑 내려 눈꽃이 피어난다면, 사람들은 탄성을 지를 것이다. 계절에 맞는 풍경이기 때문이다. 그러나 늦은 단풍은 그저 잔상처럼 남아 있다. 곧 바람에 흩어지고, 나무들은 깊은 겨울 속에서 추위를 견딜 것이다.

나는 그 풍경을 바라보며 문득 생각했다. 철이 지난 단풍은 끝내 땅으로 내려와야 한다는 것을. 낙엽은 흙이 되어 나무의 뿌리를 다시 살찌우고, 그 힘으로 새잎을 틔운다. 스러짐은 끝이 아니라 또 다른 시작을 위한 준비다.

어쩌면 그것이 가장 조용한 이타심이 아닐까. 자기 빛을 다한 뒤에도 기꺼이 거름이 되어주는 일.

우리 또한 늙지 않으려 애쓰며 시간을 거슬러 오르려 하기보다, 우주의 섭리를 받아들이는 편이 더 아름답지 않을까. 노년은 감추어야 할 쇠퇴가 아니라, 삶을 충분히 살아낸 사람이 지니는 깊이와 향기일 테니까.

계절은 변함없이 순환한다. 가을이 스스로를 내려놓지 않으면 겨울은 오지 못하고, 겨울이 깊어지지 않으면 봄도 오지 않는다. 우리 인생도 그러하지 않을까. 청춘을 붙들고 놓지 않으려 한다면 우리는 다음 계절로 건너가지 못한다. 봄에는 봄답게, 여름에는 여름답게, 가을에는 가을답게, 그리고 겨울이면 겨울다운 우리가 되어야 한다.

퇴직은 끝이 아니라 계절의 전환이다. 직함과 역할이라는 잎이 떨어진 자리에서 우리는 비로소 맨몸의 나무가 된다. 앙상해 보일지라도 그 속에서는 다음을 준비하는 힘이 응축된다. 변하지 않으려는 마음은 낙엽을 끝내 붙들고 있는 가지와 같다. 그러나 과감히 떨구어 낼 때, 우리는 더 단단해진다.

지나간 가을이 아무리 찬란했어도 지금은 겨울이다. 그러기에 우리는 철 지난 단풍을 아쉬워하기보다, 언젠가 내릴 눈꽃을 기다릴 줄 알아야 한다. 흘러간 세월을 붙잡고 한탄하기보다, 남은 시간을 어떻게 살 것인지 묻는 것이 더 중요하다.

결국 모든 것에는 제철이 있다. 그리고 그 제철은 멈추어 있지 않고 끊임없이 변한다. 어제보다 오늘이, 오늘보다 내일이 조금씩 달라질 수 있다면 그것으로 충분하다. 내 눈으로 보고, 내 손으로 만질 수 있는 오늘에 새로움을 채워 넣는 일. 그것이 내가 배운 겨울 산책의 가르침이다.

퇴직 후에 변해야만 새로운 노후를 기쁘고 즐겁게 살 수 있다. 변화를 두려워하지 않을 때, 우리는 비로소 계절처럼 자연스럽게 나이 들 수 있다. 그리고 그 나이 듦 속에서, 또 다른 봄을 맞이할 힘을 얻게 될 것이다.

제2부
떠남이 준 인생의 맛

오늘도 힘차게 걸을 수 있는 튼튼한 다리와,

나란히 걸어가는 사람이 있어 감사하다.

벚꽃은 지겠지만, 초록은 올 것이다.

계절의 봄과 인생의 가을 한가운데서,

나는 이제야 삶의 참맛을 조금씩 알아가고 있는지도 모른다.

걷는다는 것,
함께 늙어간다는 것

넘치는 시간을 어디에 쏟아부을 것인가를 생각하다 보면, 생각은 늘 한 곳으로 되돌아온다. 건강이다. 건강이 무너지면 의미와 기쁨은 쉽게 말라버린다. 그래서 한때는 헬스장도, 복싱장도 다녀보았다. 그러나 정해진 시간에 맞춰야 하는 규칙과, 금세 얻을 수 있을 것처럼 기대했던 변화는 오래가지 못했다. 몸보다 마음이 먼저 지쳤다.

그렇게 가장 단순하고 쉬운 선택으로 돌아왔다. 걷기였다. 특별한 장비도, 약속된 시간도 필요 없는 운동. 지금도 나는 간단한 옷차림에 운동화만 신고 아침마다 집을 나선다. 퇴직 이후의 시간은 더욱 그렇다. 더 이상 무엇이 되어야 할 필요도, 어디에 맞춰야 할 이유도 줄어든다. 그 대신 스스로에게 어울리는 리듬을 찾는 일이 중요해진다.

아침 주스 한 잔과 삶은 달걀 하나로 몸을 깨우고 호수공원으로 향한다. 아파트 뒤편의 낮은 산길로 접어들면 마음의 무게도 함께 내려앉는다. 굽어진 능선을 따라 오르다 보면 잣나무 숲이 나타난다. 곧게 뻗은 나무를 바라보고 있으면, 인간의 삶도 저렇게 한 방향으로만 자라면 좋겠다는 생각이 든다. 그러나 우리는 늘 굽고 여러 방향으로 돌아서며 살아간다. 어쩌면 그 굽음과 여러 방향이 삶을 더 오래 지탱해 주는지도 모른다.

겨울이 한창인데 계절의 끝자락 같은 포근한 날씨 속에서 호수는 구름 없는 하늘을 고스란히 담고 있다. 그 호수 위로 철새들은 인간의 시간과는 상관없이 부지런히 먹이를 찾고 있었다. 메마른 풀들은 숨죽이며 다음 계절을 준비한다. 자연은 늘 앞서지도, 뒤처지지도 않는다. 다만 자기 몫의 시간을 살아낼 뿐이다.

빠르게 걷다가 잠시 뛰고, 다시 속도를 늦춘다. 어느새 다른 사람들은 저만치 앞서간다. 예전 같았으면 괜히 마음이 조급해졌을 것이다. 그러나 이제는 안다. 인생의 후반부에는 앞서는 일이 그다지 중요하지 않다는 것을. 내 몸이 허락하는 속도, 내 호흡이 편안한 리듬으로 가는 것이 더 중요하다는 것을.

공원 절반을 돌았을 즈음 작은 소동이 일어났다. 서로 다른 방향에서 걸어오던 중년 남자와 연장자 두 사람이 잠시 멈춰 섰고, 말이 오갔다. 중년 남자가 고개를 숙이고 걸어오다 연장자와 부딪칠 뻔한 모양이었다. 연장자의 질타하는 목소리가 높았다. 중년 남자도 지지 않았다. 누구의 말과 행동이 옳은지 따지는 일은 그다지 중요하지 않아 보였다. 중요한 것은 우리가 같은 길 위에 서 있었다는 사실이었다. 각자의 사정과 생각을 안고, 같은 공간을 잠시 공유하고 있었다는 점이다.

나이가 들수록 '어른답다'는 말의 의미를 다시 생각하게 된다. 예전에는 연장자라는 사실 자체가 존중의 이유가 되었다. 그러나 지금은 다르다. 존중은 요구되는 것이 아니라, 관계 속에서 쌓여야 한다. 장유유서라는 말도 어쩌면 순서를 정하라는 뜻이 아니라, 서로의 자리를 살피라는 가르침이었을지 모른다.

연장자는 살아온 시간만큼 말을 줄이고, 젊은이는 앞으로 살아갈 시간만큼 귀를 열어야 한다. 그 균형이 깨질 때 갈등은 생기고, 길은 좁아진다. 함께 나이 들고, 늙어간다는 것은, 함께 길을 나눈다는 뜻이기도 하다.

다시 발걸음을 옮긴다. 등에 땀이 배어난다. 성벽처럼 호수를 감싸 안은 둘레길은 말이 없지만 많은 것을 가르친다. 건강이란 단지 몸의 문제가 아니라 삶의 태도에서 나온다는 것을, 그리고 인생의 후반부로 갈수록 중요한 것은 속도가 아니라 방향이라는 사실을.

오늘도 나는 이 호숫길을 걸으며, 늙어간다는 것의 의미를 조용히 연습하고 있다.

설렘은 제주에 두고, 삶은 집으로

제주 한 달 살기 7일 차다.

퇴직을 기념해 아내와 1년 전부터 꿈꾸어 온 제주살이가 이제야 서서히 몸에 배기 시작했다. 낯설면서도 다른 제주의 공기와 달라진 하루의 리듬, 집을 떠난 여행자의 마음까지도 하나둘 일상처럼 스며든다.

아침에 눈을 뜨자 문득 허전함이 밀려왔다. 어제까지 숙소를 떠들썩하게 채웠던 가윤이가 떠난 탓이다. 주말 동안 큰아들 가족이 내려와 함께 보낸 3일은 짧았고, 아이가 남기고 간 온기는 하루 만에 그리움이 되었다.

어제 며느리가 건네준 패키지 상품 덕분에 숙소에서 기꺼운 싱효원을 찾았다. 평일 이른 시간이라 사람은 많지 않았다. 노랑과 빨강 튤립이 봄꽃 잔치를 벌이고 있었다. 그 풍경을 보니 작년 가을 농막에 심어두었던 튤립이 떠올랐다. 지금쯤이면 꽃을 피웠을 텐데, 직접 보지 못하는 아쉬움이 마음 한편을 스쳤다. 제주 꽃도 좋지만, 손수 심은 꽃이 주는 느낌은 또 다른 기쁨일 것이다.

상효원을 나와 인근 돈내코로 향했다. 나무 바닥재로 만든 탐방로를 따라 계곡으로 내려가니 '원앙폭포'라는 안내판이 보였다. 20여 분쯤 걸었을까, 원시림 같은 비경이 펼쳐졌다. 푸른 계곡물과 맑은 공기에 숨이 멎는 듯했다. 폭이 크지 않은 두 개의 물줄기가 나란히 떨어지는 모습이 꼭 원앙 한 쌍 같았다. 그래서 붙은 이름이라 한다.

돈내코는 예부터 멧돼지가 자주 드나들던 물가라 '돈(돼지)·내(하천)·코(입구)'라 불렸다는 설명도 흥미로웠다. 여름 피서지로는 더없이 좋을 듯했다.

커다란 바위틈에 자리를 잡고 준비해 온 점심을 먹었다. 소박했지만 특별한 식사였다. 원시림의 피톤치드를 마음껏 들이키고 나서야 돈내코를 나왔다.

오후에는 산방산으로 차를 몰았다. 제주의 풍경에 취해 가는 길마다 마음이 들떴다. 그러다 도로변에 붙은 아파트 분양 현수막이 눈에 들어왔다. 제주에 취한 기분으로 전화를 걸었다. 중문 색달지구라며, 산방산을 둘러보고 가는 길에 잠깐 들러보라는 말에 별다른 생각 없이 약속을 잡았다.

산방산 아래로 펼쳐진 유채꽃과 넓은 바다를 보니 가슴이 뛰었다. 카페에서 커피를 들고 야외 테이블에 아내와 함께 앉아 있는데 한 여성이 다가와 광고지와 마스크를 내밀었다. 주택 분양 안내였다. 별장처럼 보이는 그림이 좋다고 했더니, 현장을 보여주겠다며 자연스럽게 말을 이었다.

그 순간만큼은 "제주에 이주해서 살아볼까." 하는 호기가 불쑥 고개를 들었다. 바다와 한라산이 동시에 보이는 고급 빌라를 둘러보고 명함만 받은 채 다시 산방산으로 돌아왔다. 우리 형편으로는 어림없는 가격이라는 걸 알면서도, 그저 구경한 것만으로도 만족하자고 스스로를 달랬다.

산방사와 산방굴사를 오르내리고, 해안가 유채꽃밭과 하멜 기념비, 용머리해안을 차례로 둘러보는 동안 여행자의 감정은 최고조에 달해 있었다. 용머리해안을 따라 걸을 때는 잠시나마 외국에 와 있는 듯한 착각마저 들었다.

약속 시간에 중문 색달지구 분양 사무실에 도착하자, 아내는 사지도 않을 아파트를 왜 보러 가느냐며 나무랐다. 조금 전에 별장 같은 주택을 보았으면 되지 않았냐는 것이다. 그때까지도 나는 정말 제주에서 살아볼 수 있지 않을까 하는 감정에 잠겨 있었다.

중개인은 임대 아파트였지만 회사 방침으로 분양 전환이 결정되어 저렴하게 나온 매물이라 했다. 마음이 있으면 오늘 자정까지 계약금 300만 원을 입금하란다. 문의가 많아 서두르지 않으면 바로 빠질 거라는 말도 덧붙였다. 전형적인 흐름이란 걸 알면서도, 감정이 이성을 앞질러 귀를 막고 있었다.

사무실을 나와 차 안에서 "제주에서 한번 살아볼까?" 하고 묻자, 아내는 단호하게 말했다.

"정신 차려. 제주에 홀린 거야."

그 말에 비로소 한 발짝 물러서서 생각해 보게 되었다. 제주에서 무엇을 하며 살 것인가. 일상은 어떻게 이어질 것인가. 아름다운 풍경만으로 삶이 굴러가지는 않는다. 잠깐의 설렘과 감정에 취해 내린 결정이 얼마나 많은 후회를 남기는지, 우리는 이미 여러 번 경험해왔다.

후반부 인생의 우리는 살아온 세월만큼의 깨달음을 조금씩 쌓아간다. 인간은 생각보다 단순하고, 감정은 언제든 이성을 앞질러 나간다는 것. 이곳의 나처럼 '지금 아니면 안 된다'는 말 앞에서는 더더욱 그렇다. 젊을 때라면 몰라도, 이제는 감정이 끓어오를수록 한 템포 늦추는 지혜가 필요하다.

숙소로 돌아와 저녁을 먹으며 낮 동안의 일을 찬찬히 돌아보며 아내와 이야기를 나누었다.

제주 이주는 그렇게 봄날의 한바탕 꿈으로 마무리되었다. 대신 마음은 한결 가벼워졌다. 우리는 한 달 살기 여행자다. 이곳에서의 역할은 결정이 아니라 체험이다.

"구석구석 제주의 참맛을 느끼고, 다시 집으로 돌아가 더 즐겁게 살자."

서로 웃으며 현실을 마주했다.

오늘도 제주에 흠뻑 빠진 하루였지만, 그 취함에서 조용히 빠져나온 저녁은 오히려 더 깊고 편안했다.

이제는 순간의 설렘보다 천천히 가라앉는 마음이, 욕심보다 한 걸음 물러서는 거리가 삶을 더 단단하게 지켜준다는 걸, 제주의 밤이 말없이 가르쳐주고 있었다.

한라산이 허락한 하루

제주 한 달 살기 10일 차, 미뤄두었던 한라산 등반에 나서는 날이었다.

새벽 4시, 아직 밤과 아침의 경계가 흐릿한 시간에 차를 몰아 성판악으로 향했다. 아내는 어둠 속 낯선 굽은 도로를 걱정하며 천천히 가자고 했다. 마음은 이미 산에 올라 있었지만, 몸은 아직 어둑한 새벽의 잔영을 벗어나지 못한 상태였다.

오래전 직장 연수대회 때 한라산을 올랐다가 진달래밭 대피소에서 되돌아선 기억이 있다. 그때는 아쉬움보다 안도감이 더 컸다. 정상을 남겨둠은 또 다른 기회를 부르기 때문이라는 변명으로. 이번이 그 변명을 이룰 기회라 여기며 정상에서 백록담을 직접 보고 싶었다. 처음 오르는 정상, 처음 마주할 분화구. 그런 기대감이 설렘으로 바뀌고 있었다.

성판악 탐방지원센터 표지판이 보이자, 편안함이 들었다. 그러나 입구에 들어서자마자 들려온 안내방송이 그 편안함을 단숨에 걷어갔다.

"현재 시각 5시, 주차장이 만차입니다."

새벽이면 여유가 있을 거라는 생각은 얼마나 안이했던가. 제주국제대학 환승 주차장으로 가서 버스를 타라는 안내가 이어졌다. 도로변 불법 주차는 견인과 과태료 대상이라는 경고까지 덧붙여졌다. 선택의 여지는 없었다. 차를 돌렸다. "10분 거리"라는 안내와 달리, 체감상 그 길은 훨씬 멀었다. 아내의 표정도 점점 굳어갔다.

버스를 기다리며 같은 처지인 사람들 틈에 섰다. 묘한 동질감이 친근함으로 다가왔다. 한라산에 오르기 위해 이 정도쯤은 감수해야 하지 않겠느냐며, 스스로를 다독였다. 그냥 오를 수 있는 평범한 산이 아님을 알리는 듯했다.

버스에서 내리자 어느새 주변이 환해져 있었다. 입산 체크를 마치고 숲으로 들어서자 길게 이어진 나무계단이 맞아주었다. 한라산의 아침은 육지의 산과는 달랐다. 조릿대가 낮게 깔린 숲 아래에서부터 수목이 뿜어내는 공기가 신선하다 못해 낯설었다. 오를수록 숲은 층을 이루며 변했고, 공기는 점점 더 깊어졌다.

예전 기억 속의 돌밭은 사라지고, 길은 정비되어 있었다. 출발지는 돗자리처럼 깔린 보행로 덕분에 걷기는 한결 수월했다. 사월의 햇살이 등을 밀어주는 듯했고, 아내의 얼굴은 햇살처럼 밝았다. 왕복 9시간, 체력 안배를 해야 한다는 생각이 머릿속을 스쳤다.

진달래밭 대피소에 닿았을 때, 나는 잠시 걸음을 멈췄다. 뒷산에서 보던 키 작은 진달래와는 전혀 다른 모습이었다. 수십 년을 버틴 진달래 나무들은 팔뚝만큼 굵었고, 군락을 이룬 모습은 장관에 가까웠다. 시간의 위대함이 이곳에도 있었다. 평일인데도 대피소는 탐방객들로 붐볐다.

까마귀 두 마리가 머리 위를 맴돌더니, 우리가 앉은 자리 가까이 내려앉았다. 이미 사람의 습관을 알고 있는 눈치였다. 무심코 빵 조각을 던져주고서야 '먹이를 주지 말라'는 경고문이 눈에 들어왔다. 이미 늦은 뒤였다. 선의라 믿는 행위가 때로는 악의일 수도 있었다.

정상을 향해 다시 걷기 시작했다. 눈앞에 전혀 예상하지 못한 모습이 나타났다. 하얗게 마른나무 둥치들이 넓은 구역을 가득 메우고 있었다. 고사목 군락지였다. 뒤엉킨 나무들은 마치 무너진 건물 잔해 같기도 했고, 폐차장에 쌓인 자동차나 부서진 피아노로 만든 설치미술처럼 보이기도 했다. 자연이 스스로 만들어 낸 폐허 예술. 인위적인 손길은 하나 없이, 시간과 바람이 조각한 장면이었다. 사진을 찍으며 아이처럼 감탄이 터져 나왔다. '들어가지 말라'는 경고문이 오히려 발걸음을 안으로 끌어당기는 듯했다.

그 군락지를 지나자, 정상은 정말 가까워 보였다. 한 발, 한 발 쌓아온 걸음은 어느새 고도를 만들고 있었다. 백록담을 처음 본다는 생각에 발걸음이 빨라졌다. 드디어 정상, 바람은 매서웠다. 얼굴을 내밀기조차 힘들 정도였다. 분화구 아래에서 불어오는 바람은 태고의 숨결처럼 차갑고 거칠었다. 구름인지 안개인지 모를 것이 백록담 위를 뒤덮고, 말라버린 깊은 호수 같은 분화구가 넓게 펼쳐져 있었다. 물은 거의 없었지만, 그 빈 공간 자체가 마주하지 못할 어떤 힘인 듯 압도적이었다.

잠시 마음을 가다듬어 옆을 보니 행렬처럼 늘어선 사람들이 보였다. 백록담 표지석 앞에 늘어선 긴 줄. 인증샷을 찍기 위한 사람들이었다.

잠시 망설였다. 꼭 저 줄에 서야 할까. 앞으로 한라산에 몇 번이나 더 오를 수 있을까. 인증샷이 뭔 의미가 있을까. 결국 긴 줄의 끝에 섰다. 의미란, 때로는 기다림 끝에서 만들어지는 것일지도 모른다는 생각이 들었다.

한 시간 가까이 줄을 서며 여러 번 마음이 흔들렸다. 찍지 말고 그냥 갈까? 그때 앞줄의 젊은 연인이 서로 간식을 나누며 웃고 있었다. 그 모습이 위안이 되어 끝까지 가보자는 마음이 들었다. 인내는 큰 결단이 아니라, 이런 사소한 마음이 이끌지도 모른다.

마침내 우리 차례가 왔다. 뒷사람을 위해 아내와 빠르게 사진을 찍었다. 차가운 바람 속에서 단 몇 분을 위해 한 시간을 버텼다. 한라산은 그렇게 알려주었다. 쉽게 얻는 것은 없다는 것을.

정상에서 먹는 도시락은 심한 고역이었다. 밥은 얼음장 같았고, 차가운 바람은 젓가락질을 허락하지 않았다. 서둘러 하산을 시작했다. 거짓말처럼 몇십 미터만 내려오자, 겨울 같던 날씨는 어느새 봄으로 돌아왔다. 인간의 의지와 상관없이, 자연은 자신의 질서를 지키고 있었다.

10시간을 걸어 다시 성판악에 도착했을 때, 다리는 후들거렸지만, 마음은 충만감으로 넘쳐났다. 아내는 "오늘이 마지막 한라산"이라며 웃었다. 나는 그 말이 오래가지 않을 거라는 걸 알고 있다. 한라산은 그런 산이다. 힘들었지만, 다시 생각나게 만드는 산.

욕조에 몸을 담그고 하루를 떠올렸다. 준비하지 않은 마음을 바로잡아 주고, 기다림의 가치를 알려주고, 자연 앞에서 인간이 얼마나 작은 존재인지 깨닫게 해준 오늘이었다.

한라산은 정상에 오르는 산이 아니라, 내려와서도 계속 남는 산이었다.

언젠가 다시 오를 것이다. 꼭 정상에 서기 위해서가 아니라, 자꾸만 부를 것 같은 산이기 때문이다.

봄을 걷고,
가을을 사유하다

　아내와 공업탑에서 여천천을 따라 둘레길이 끝나는 곳까지 걸었다. 강변에는 눈꽃처럼 흩뿌려진 벚꽃이 온통 뒤 덮여 있었다. 나무마다 하얗고 연분홍의 꽃송이들이 햇빛을 받아 반짝였고, 바람이 스칠 때마다 꽃잎은 잠시 허공에 머물다 물 위로 내려앉았다. 그 풍경 앞에서 나는 문득, 지금 내가 서 있는 이 계절이 봄의 한가운데라는 사실을 새삼스럽게 실감했다.

　봄은 언제나 젊고 화사하다. 그러나 마음 한편에서는 또 다른 계절이 떠올랐다. 비록 자연의 계절은 봄이지만, 내 인생의 계절은 이미 가을에 들어서 있었다. 봄과 가을, 극과 극에 서 있는 그 계절의 대비가 삶을 더 또렷하게 만들어 주었다. 봄과 다른 색깔, 가을이기에 비로소 보이는 색이 있고, 가을이기에 깊어지는 맛이 있다. 마음만은 아직 찬란한 봄이라 믿으며 살아가되, 삶을 대하는 태도만큼은 가을의 여유를 품고 싶어졌다.

　흐린 날씨에 바람은 차가워, 몸으로 느끼는 체감은 싸늘했지만, 걸음은 가벼웠다. 걷는 동안 나는 읽고, 걷고, 쓰는 일이 어느새 하루의 가장 중요한 루틴이 되었다는 사실을 떠올렸다. 다른 사람이 간다고 따라가기보다는, 내가 원하는 기쁨이 있는 길을 택하는 삶이 필요하다. 나에게 그것은 천천히 걷고, 책을 읽고, 문장 하나에 마음이 닿으면 그 느낌을 붙잡아 조용히 써보는 것이다.

젊은 한때는 늘 서둘렀다. 큰길만 바쁘게 다녔고, 목적지가 분명해야 움직였다. 자동차로 달리면 빠르지만, 풍경은 스쳐 지나갈 뿐 남지 않는다. 신호를 기다리는 동안에도 다음 약속을 떠올렸고, 앞차의 속도에 마음이 조급해졌다. 그렇게 달려온 인생은 탈 없이 무난했지만, 어딘가 밋밋했다. 재미가 없었다는 고백을 이제는 솔직하게 할 수 있다.

둘레길을 돌아 강변에서 큰길을 건너 골목길로 접어들었다. 잘 다니지 않았던 길이라 방향 감각이 흐릿해졌다. 잠시 서서 두리번거리다 지나가는 사람에게 길을 물었다. 그가 알려준 방향을 따라 천천히 걸었다. 낯선 골목, 오래된 상점, 낮은 지붕 아래 놓인 화분들, 40년 가까이 울산에 살면서도, 가보지 못한 길이 이렇게 많다는 사실이 놀라웠다. 늘 같은 바퀴를 도는 듯한 하루처럼, 그저 익숙한 그 길만을 고집했기 때문이다.

골목길은 큰길과 다르게 속도를 허락하지 않는다. 대신 이야기를 건넨다. 회색빛의 낮은 담벼락, 그 담장 너머로 보이는 앞마당, 작은 꽃들, 자동차로 큰길만 다닐 때는 보이지 않던 풍경들이다. 인생도

그러했다. 젊었을 때는 큰길 같은 삶을 살았다. 목표와 성과, 속도
와 결과가 전부였다. 이제 나이가 들고 보니, 골목길 같은 인생에서
비로소 참맛이 난다. 느리고, 좁고, 때로는 돌아가지만 그 안에 숨
은 사유와 풍경은 훨씬 소담하다.

강변의 벚꽃을 보며 또 하나의 생각이 스쳤다. 저 화려한 꽃들은
머지않아 떨어질 것이다. 그러나 그것은 끝이 아니다. 꽃이 진 자리
에 연둣빛 잎이 돋아나고, 초록은 점점 짙어질 것이다. 어쩌면 꽃보
다 더 오래, 더 건강하게 계절을 지탱하는 것은 그 잎들이다. 인생
도 마찬가지다. 젊음이라는 벚꽃은 찰나에 불과하다. 그 뒤에 오는
초록의 시간, 화려함보다 훨씬 단단하고 깊은 시간이 진짜 삶일지
도 모른다.

책을 읽다 보면 종종 머리를 치는 문장을 만난다. "그렇지, 그렇
게 살아야지." 고개를 끄덕이며 밑줄을 긋지만, 막상 행동으로 옮기
는 일은 쉽지 않다. 그래서 나는 사유한다. 완벽하게 살지 못해도
괜찮다고. 다만, 그렇게 살기 위해 애쓰는 노력만은 놓치지 말자고.
서두르지 않고, 비교하지 않고, 남들이 가지 않는 나만의 길을 하염
없이 걸어가는 기쁨을 조금씩 배워가면 된다.

아내와 나란히 걷는 시간은 그 자체로 큰 위안이다. 말이 없어도
좋고, 소소한 이야기를 나누어도 좋다. 함께 같은 속도로 걷는다는
사실만으로도 마음이 놓인다. 남은 세월의 길도 이렇게 뚜벅뚜벅
걸어가고 싶다. 빠르지 않아도, 화려하지 않아도 괜찮다. 중요한 것

은 멈추지 않고, 내 발로 내 길을 걷는 일이다.

한 책에서 이런 문장을 만난 적이 있다.

"걷는다는 것은 삶의 속도를 마음의 속도로 낮추는 가장 정직한 방법이다."

그 문장처럼 이제는 내 마음대로 삶의 속도를 조절할 수 있는 나이다. 그렇기에 걸음마저도 삶의 속도에 맞추어 천천히 나아갈 것이다.

자동차를 내려놓고 걷는 시간이 늘어난다. 불편해진 것이 아니라, 오히려 자유로워졌다. 주차 걱정도, 막히는 도로도 없다. 대신 발걸음마다 풍경이 있고, 사유가 있다. 걷는 동안 나는 나 자신과 가장 가까워진다. 그리고 그 곁에는 늘 함께 걸어주는 사람이 있다.

오늘도 힘차게 걸을 수 있는 튼튼한 다리와, 나란히 걸어가는 사람이 있어 감사하다. 벚꽃은 지겠지만, 초록은 올 것이다. 계절의 봄과 인생의 가을 한가운데서, 나는 이제야 삶의 참맛을 조금씩 알아가고 있는지도 모른다.

광활한 초원에서 배운
인생의 역설

2024년 여름, 처가 형제들과 4박 6일간의 일정으로 몽골로 여행을 떠났다. 밤 비행기 끝에 울란바토르 공항에 도착한 시간은 새벽 1시였다. 가이드의 안내로 4팀, 16명이 한 패키지로 움직이게 되었다. 광활한 초원과 쏟아질 듯한 별 무리, 은하수를 품은 밤을 기대하며 설렘이 앞섰다.

첫날 일정은 엘승타사르하이 사막이었다. 낙타를 타고 모래 언덕을 도는 체험이었다. 낙타 행렬이 천천히 움직이던 중, 앞쪽에서 갑작스러운 비명이 터졌다. 낙타 한 마리가 껑충 뛰더니 달리기 시작했고, 여자 여행객이 그대로 모래밭에 내동댕이쳐졌다. 모두가 놀라 얼어붙은 사이, 낙타는 쉽게 멈추지 않았다. 나중에 알고 보니 길잡이 소녀들이 장난을 치다 낙타를 자극한 것이 원인이었다.

다행히 큰 부상은 아니었지만, 병원으로 옮겨지는 모습을 보며 여행의 시작부터 불안이 스몄다. 둘째 날은 초원을 가르는 차 안에서 하루가 흘렀고, 셋째 날에야 우리가 그토록 기다리던 테를지국립공원에 도착했다. 기암괴석이 병풍처럼 둘러싼 초원, 밤에는 그 넓은 초원에서 별을 보는 일정이었다.

해 질 무렵, 초원 위에 하얀 게르들이 캠핑장 텐트처럼 모여있었다. 게르 촌의 불빛과 밤하늘의 별빛이 섞이며 늦은 밤까지 낭만을 불러왔다. 그날 밤, 우리는 늦게 깊이 잠들었다.

다음 날 아침, 다급한 목소리가 숙소를 깨웠다. "이걸 어쩌지" 심상치 않은 기운에 처남이 묵던 게르로 달려갔다. 처남댁은 발을 동동 구르며, 부부의 손가방 세 개가 사라졌다고 했다. 함께 쓸 여행 경비와 여권 두 개가 들어 있던 가방이었다.

문은 분명 잠갔다고 했다. 자세히 살펴보니 게르 벽 한쪽이 예리한 칼로 도려내져 있었다. 그 틈으로 손을 뻗어 문 안쪽 잠금을 풀고 침입한 것이다.

7호실은 가장 외곽에 있었고, 뒤쪽은 끝없는 초원이었다. 도둑들이 노리기 좋은 위치였다.

가이드가 경찰에 신고하는 틈에 우리는 숨을 죽인 채 숙소 뒤편을 살폈다. 잠시 후 "여기다"라는 외침이 들렸다. 풀숲 속에 가방 세 개가 그대로 버려져 있었다. 도망치며 던진 듯했다.

처남댁이 반쯤 열린 가방을 들어보려 하자, 가이드는 경찰이 오기 전까지 현장을 보존해야 한다며 말렸다. 여권이 없어진다면 여행은 물론 귀국도 막막해진다. 모두가 숨을 멈춘 채 기다렸다.

한참 후 도착한 형사들이 사진을 찍고 가방을 확인해 보라고 했다. 떨리는 손으로 지퍼를 여는 순간, 여권 두 개는 그대로 있었다.

처남댁은 그 자리에 주저앉았다. 도둑들은 카드와 물품에는 손대지 않고 달러 현금만 골라 가져갔다. 빈 봉투는 가방 안에 구겨 넣어 둔 채였다.

CCTV에는 새벽 3시 10분, 두 명의 침입자가 등장했다. 한 명은 칼로 게르 벽을 찢고 들어왔고, 다른 한 명은 방문 틈에 판자를 끼워 바람이 들어가지 않게 막고 기다렸다. 보안등 스위치까지 뽑아둔 치밀함을 보면, 여행객을 상대로 한 상습범임이 분명했다. 처남 부부는 아무 기척도 느끼지 못할 만큼 깊이 잠들어 있었다고 한다.

형제가 함께 쓰던 경비와 처남의 개인 경비는 모두 잃었지만, 두 사람의 여권만은 지켜졌다. 일정은 꼬여가고, 같은 버스를 탄 일행들에게 미안함도 커졌다. 경찰서에서 사실 조사를 마치고, 칭기즈칸 동상과 광장을 돌아보는 동안에도 분위기는 무거웠다.

저녁 식사 자리에서 처남이 먼저 침묵을 밀어냈다. "그때 내가 예민해서 만약 잠에서 깼다면 어땠을까. 칼 든 도둑과 마주쳤다면" 생각만 해도 몸서리쳐진다고 했다. 깊이 잠든 덕에 더 큰 화를 면한 셈이었다. 처남은 여권을 남겨둔 도둑에게 '고마운 도둑'이라며 쓸쓸한 웃음을 지었다.

여행이란 늘 아름다운 추억만을 남길 것이라 기대하지만, 현실의 여행은 삶과 다르지 않다. 사고는 예고 없이 찾아들고, 평온하다고 믿었던 밤은 가장 허술한 틈을 드러낸다. 광활한 초원 한가운데서 우리는 안전하다고 믿었지만, 바로 그 믿음이 도둑에게는 기회가 되

없을 것이다. 하지만 몸싸움 없이, 사람 하나 다치지 않고, 여권을 지켜낸 것은 분명 불행 중 다행이었다.

돌이켜 보면, 그날 밤을 지킨 것은 대비도 경계도 아니었다. 깊은 잠이었다.

우리는 늘 깨어 있어야 안전하다고 믿는다. 그러나 그날 밤, 삶은 정반대의 답을 내놓았다. 가장 무방비한 순간에 가장 큰 위험을 비껴갔다.

무엇이 옳은지 알 수 없다는 것, 그것이 인생이 가르쳐 준 가장 분명한 교훈이었다. 그리고 그 불확실성 자체가, 삶의 유일한 질서인지도 모른다.

유월의 수국처럼,
마음이 가벼웠던 하루

　고향 친구의 딸 결혼을 축하하고, 식장을 찾아온 친구들과 함께 장생포 수국 페스티벌로 발길을 옮겼다. 기쁜 일로 시작된 하루라서인지 마음이 한결 가벼웠다. 오후 시간이었음에도 축제장은 사람들로 가득 찼다. 물결처럼 밀려드는 인파를 보니 주말을 맞아 타지에서 온 관람객들이 많은 듯했다.

　울산에 살면서 장생포는 여러 번 왔지만, 수국 페스티벌을 찾은 것은 이번이 처음이었다. 언제나 우아한 귀부인 같은 자태의 수국들이 몇 개의 동산을 이루고 있었다. 유월이라는 계절은, 아무래도 수국처럼 가장 빛나는 시간을 품고 있는 것 같다. 화려하지만 요란하지 않고, 풍성하지만 과하지 않은 꽃. 우리 세대가 닮고 싶은 모습이기도 하다.

　수국 동산 가까이에는 1970년대 장생포 동네를 재현해 놓은 고래문화마을이 자리하고 있었다. 나무 걸상과 작은 책상을 놓은 교실에 들어서는 순간, 나도 모르게 발걸음이 느려졌다. 나도 저렇게 작은 책상과 걸상 앞에 앉아 있던 시절이 있었는데, 세월은 아무 말 없이 여기까지 흘러와 버렸다. 누군가에게는 전시물이지만, 우리 세대에게는 분명 '살아 있었던 시간'이었다.

학교 건너편에 재현된 경찰서 유치장에는 스스로 갇힌 사람들 모형이 "하하" 웃고 있었다. 눈썹이 짙은 경찰이 주눅 든 이를 추궁하는 모습도 어딘가 익살스러웠다. 아마 고래고기에 막걸리를 기분 좋게 걸친 뒤, 담벼락에 오줌이라도 갈기다 잡혀 온 사람이 아니었을까. 그런 상상을 하니 피식 웃음이 났다. 마침 그 시절 경찰관 복장을 한 실제 근무자가 있어, 전시와 현실의 경계가 흐려지며 묘한 실감이 더해졌다.

교실 한쪽에는 '장생포초등학교를 빛낸 얼굴'이라며 두 사람이 소개되어 있었다. 가수 윤수일과 야구선수 윤학길.

"사랑만은 않겠어요", "아파트"를 부른 윤수일의 고향이 이곳이라는 사실을 알고는 있었지만 예상치 못한 장소에서 마주하니 새삼 반가웠다. 그 노래들을 들으며 젊은 날을 보낸 우리 세대라면 고개를 끄덕일 것이다. 반면 윤학길이라는 이름은 솔직히 낯설었다. 야구보다는 축구를 더 좋아해 온 탓이다. 괜히 미안한 마음이 들어 얼른 검색해 보았다. 롯데 자이언츠 소속으로, 최동원의 뒤를 이은 투수. 80년대 중반부터 90년대까지 팀의 최다승 투수였다는 설명을 읽으며, '아, 내가 몰랐던 우리의 역사도 참 많구나' 하는 유감이 스쳤다.

공단이 들어서며 실제 마을은 사라졌지만, 재현된 문화마을 덕분에 그 시절의 공기와 풍경을 어렴풋이나마 느낄 수 있었다. 개발과 국제상업 포경 금지 조치로 고래마을이 쇠퇴하여 사라진 것들, 그러나 기억 속에서는 여전히 살아 있는 시간들. 이곳은 우리 세대에게 단순한 관광지가 아니라, 지나온 삶을 조용히 돌아보게 하는 장소였다.

고래문화마을을 나서자 친구들이 말했다.

"바닷가까지 오니까, 생선회가 생각나네."

회센터라며 안내받은 곳은 모퉁이 바닷가에 있는 허름한 판자촌 같은 곳이었다. 그곳도 마치 70년대 풍경을 그대로 옮겨 놓은 듯했다. 예민한 기질 탓에, 솔직히 회가 잘 넘어갈 것 같지 않았다. 겉모습만 보고 이미 마음속에서 판단을 내려버린 것이다.

한참 뒤, 나이 든 부부가 장만한 생선회가 나왔다. 방금 인근 바닷가에서 잡아 온 고기라며, 맛이 다를 거라고 했다.

'과연 그럴까?'

조심스레 한 점을 집어 입에 넣는 순간, 생각이 완전히 바뀌었다. 살아 있는 듯 쫄깃한 식감, 바다의 기운이 그대로 전해지는 맛이었다. 그제야 부끄러워졌다. 사람도, 물건도, 음식도 겉만 보고 판단해서는 안 된다는 너무도 뻔한 진리를, 나는 또 잊고 있었던 것이다.

수제비를 듬뿍 넣고 진하게 끓인 매운탕도 일품이었다. 회도, 매운탕도 정말 맛있었다. 허름한 판잣집 같은 외관과 달리, 속은 이토록 알찼다. 어쩌면 그것 역시 우리 세대의 삶과 닮아 있었다. 화려하진 않았지만, 속은 단단했던 시절 말이다.

그렇게 친구들과 하루를 보냈다. 특별한 계획도, 애써 꾸민 일정도 없었지만, 그래서 더 좋았다. 오래 알고 지낸 사람들과 같은 풍경을 보고, 같은 음식을 나누며 웃을 수 있다는 것. 그것만으로도 충분히 감사한 하루였다.

옛날과 현대가 공존하는 장생포 고래문화마을.
가까운 날, 가족들과 다시 한번 찾고 싶은 곳이다.
그리고 언젠가 또, 이렇게 친구들과 아무 말 없이 시간을 나눌 수 있기를 바란다.
이곳에서 보낸 하루는, 분명 우리 세대가 고개를 끄덕이며 공감할 수 있는 기억으로 오래 남을 것이다.

바람이 머물다 간 자리

　어제는 태화강 억새단지를 걸었다. 바람에 실려 온 은빛 물결이 강 위를 건너오며 마음 한쪽을 가볍게 두드렸다. 억새는 늘 그렇듯 말이 없었지만, 그 침묵 속에서 많은 이야기를 건네주었다. 계절은 이미 겨울 쪽으로 기울이고 있었는데, 억새는 마지막 남은 빛을 아낌없이 흔들어 보이고 있었다.

　오늘은 아들이 간월재 억새평원을 가보자고 했다.

　11월의 마지막 날, 겨울의 길목에 선 시간이었다. 햇살은 계절을 거스르듯 따뜻했고, 마음도 덩달아 느슨해졌다. 뒤늦게 억새를 찾아 떠나는 길이어서일까. 나는 문득 이 발걸음이 나의 삶을 닮았다는 생각이 들었다. 늘 마음보다 한발 늦고, 계획보다는 상황에 끌려오며, 조금은 엉성하게 이어져 온 삶 말이다.

　퇴직 이후, 하루는 전보다 훨씬 가까운 날들이 되었다. 앞으로의 계획보다 오늘 하루를 어떻게 보내느냐가 더 중요해졌고, '언젠가'라는 말은 자연스레 '지금'이라는 말로 바뀌었다. 그러다 보니 계절을 붙잡는 일에도 종종 늦는다. 봄꽃은 이미 지고 난 뒤에야 떠올리고, 억새는 겨울 문턱에 이르러서야 찾는다. 그래도 이제는 그런 나

태함마저 나의 속도라 여기게 되었다.

간월재는 오래전에 몇 번 오르고 마음속 먼 서랍에 넣어둔 곳이었다. 가까운 곳일수록 더 쉽게 잊힌다는 말이 있다. 사람도 풍경도, 우리가 얼마나 마음을 주느냐에 따라 거리감이 달라진다는 사실을 그날에서야 새삼 깨달았다.

주차장은 예상보다 붐볐다. 서너 바퀴를 돌고서야 겨우 자리를 찾았고, 우리는 넓은 임도를 따라 천천히 걷기 시작했다. 차단기가 내려진 길 위로 젊은 연인들이 손을 잡고 오르고, 아이 손을 잡은 젊은 부부들이 앞서갔다.

늦가을 단풍은 아직 제 몸에서 빛을 다 털어내지 못한 채, 계절의 끝을 붙잡고 있었다. 붉은빛과 누런빛이 뒤섞인 나뭇잎들은 마치 "조금만 더"를 외치는 듯했다. 나 역시 그 나뭇잎들처럼, 지나간 계절을 완전히 떠나보내지 못하고 있는지도 모른다는 생각이 들었다.

가윤이는 처음엔 할머니 손을 꼭 잡고 조잘거리며 걷다가, 얼마 지나지 않아 몸을 비틀기 시작했다. 아이의 발걸음은 늘 짧고 솔직하다. 어른처럼 '참는 법'을 아직 배우지 않았기 때문이다. 금방 닿을 것 같던 목적지가 끝을 내보이지 않자, 작은 어깨가 서서히 아래로 처졌다. 숨이 가빠진 아이의 호흡에 맞춰 걷다 보니, 걸음은 자연스레 느려졌다.

두 시간 반이 지나서야 우리는 억새평원의 입구에 들어섰다. 아이와 함께 걷는 길은 언제나 이렇게 길어진다. 그만큼 주변을 더 보게 되고, 서로의 숨결을 더 자주 느끼게 된다. 젊을 때라면 서둘렀을 길이었겠지만, 이제는 이 느림이 오히려 마음에 남는다.

달이 아름다운 고개라는 간월재는 바람도 쉬어가는 곳이다. 평원 위에 펼쳐진 억새들이 거대한 파도처럼 일제히 몸을 흔들고 있었다. 태화강의 키 큰 억새와 달리, 이곳의 억새는 작고 가늘었다. 그러나 그 낮은 키 덕분에 바람을 더 온전히 품고, 은빛 결을 방울방울 떨고 있었다. 낮아진다는 것은, 어쩌면 더 많이 느끼기 위함인지도 모르겠다.

아들과 손녀는 처음 마주한 장관 앞에서 잠시 말을 잃었다. 말 대신 눈이 먼저 반응했다. 바람은 손녀의 머리칼을 흔들며, 떠나는 계절의 깊은 골짜기로 스며들었다. 그 순간만큼은 세대라는 경계도, 모두 사라진 듯했다.

바람 끝이 점점 차가워지자, 인증사진 몇 장을 남기고 휴게실로 들어갔다.

신발을 벗고 자리를 잡는데, 내 신발 옆에 놓인 비슷한 신발 한 켤레가 눈에 들어왔다. 얼핏 보면 거의 똑같아 보이는, 두툼한 신발이었다. 설명할 수 없는 작은 예감이 마음에 걸렸다. 우리는 늘 '설마'라는 낙관에 기대어 하루를 살아간다.

컵라면에 뜨거운 물을 붓고, 김밥을 나누어 먹었다. 산에서는 이런 소박한 음식이 최고의 진수성찬이 된다. 우리는 웃음의 눈길을 마주하며 천천히 음식을 넘겼다. 가윤이는 태어난 이후 가장 먼 길을 걸은 날이었을 것이다. 다리가 아프지 않으냐 묻자, 아이는 말 대신 다리를 두드려 보였다. 아이는 말을 줄이고도 감정을 전하는 법을 이미 알고 있었다.

산그늘이 넓게 드리워질 즈음, 하산을 준비하며 다시 신발을 찾았다.

그 순간, 아까의 '설마'는 현실이 되어 있었다. 내 신발은 이미 누군가의 발에 실려 산 아래로 내려가고, 낯선 신발 한 켤레만이 그 자리에 남아 있었다. 목 안쪽으로 씁쓸함이 스쳤지만, 오래 붙잡고 싶지는 않았다.

사람과 사람의 삶은 때로 이렇게 스쳐 지나간다.

말 한마디 나누지 않고도, 서로의 하루에 작은 흔적을 남긴 채 각자의 길로 흩어진다. 어쩌면 누군가와 우연을 나누는 방식은 신발 한 켤레로도 충분할지 모른다.

나는 그 낯선 신발에 조심스레 발을 밀어 넣었다. 발끝에서 약간의 어색함이 느껴졌지만, 곧 생각을 바꾸었다. 알 수 없는 그 사람의 체온이 아직 남아 있는 듯했다. 그렇다. 삶은 동화 속 왕자와 거지처럼 한 번쯤은 바꿔 살아보는 일일지도 모른다. 내 신발을 신고 떠난 사람에게 조용히 행운을 빌었다,

산길에 저녁 빛이 내려앉고, 억새평원은 마지막 흔들림으로 우리를 배웅했다.

오늘 하루는 그렇게, 바람과 억새와 작은 엇갈림 하나를 품에 안고 저물어 갔다.

복권 같은 하루, 완행 같은 밤

카톡 알림이 울렸다. 무심코 채팅방을 확인하니 보험사에서 보낸 안내 문자가 들어 있었다. 휴면 계좌에 남아 있는 보험료를 환급받으라는 내용이었다. 처음에는 광고성 메시지쯤으로 여겼다. 그러나 상담사와 통화를 해보니, 3년 전 보험사를 바꾸면서 자동이체가 중단되어 일부 보험료가 휴면 상태로 남아 있다는 설명이었다.

아내 역시 같은 안내를 몇 차례 받았지만 대수롭지 않게 넘겼다고 했다. 우리는 반신반의하며 절차에 따라 계좌를 확인했고, 며칠 뒤 각자의 통장으로 환급금이 입금되었다. 금액을 확인하는 순간, 우리는 서로를 바라보며 웃음을 터뜨렸다. 생각지도 못한 천오백만 원이 들어와 있었다. 까맣게 잊고 있던 돈이었다. 마치 복권이라도 당첨된 듯 가슴이 들떴다.

물론 받아야 할 우리 돈이었지만, '예상 밖'이라는 사실이 기쁨을 배가시켰다. 나는 아내에게 농담처럼 말했다. "당신이 어머니 병원비를 형님들과 나눠 내고, 아들 가게 직원 퇴직금 몇백만 원 대신 냈잖아. 그래서 복이 돌아온 거 아니냐?" 그 말에 아내는 웃으며 고개를 끄덕였다. 돈은 좋은 일에 쓸수록 다시 돌아온다는 말을 믿고 싶어졌다.

우리는 그 기분을 나누고 싶었다. 아들 가게 직원들을 위해 국밥을 포장해 갔다. 갑작스러운 점심 선물에 직원들은 환하게 웃었다. 그 모습을 보니 돈의 액수보다 '함께 나누는 마음'이 더 큰 기쁨이라는 생각이 들었다. 아내와 나는 가게 일을 도와주고 돌아오는 길에 이런저런 이야기를 나누었다.

"알 수 없음이 삶이지."

"그래도 순리대로 살면 되는 거 아니겠어요?"

부자는 아니어도, 소주 한잔 기울일 만큼의 '쩐'은 있고, 욕심만 내려놓는다면 편안한 날들이 이어질 것이다. 그날의 대화는 담백했지만 진심이었다.

저녁에는 지인들 모임이 있었다. 두 달 만에 만나는 얼굴들이었다. 집을 일찍 나섰다. 봄기운이 묻어나는 길을 따라 걸어 공업탑으로 향했다. 버스를 타고 작천정 입구에 내리자, 어스름한 저녁 공기가 한층 맑았다. 한때 면장(面長)으로 일하던 시절 인연을 맺은 사람들이다. 다른 모임도 겹쳤지만, 나는 이곳을 택했다. 고향 같은 사람들과의 소박한 자리가 좋았다. 오래 이어지고 싶은 인연이었다.

모임은 정겨웠다. 웃음과 술잔이 오갔다. 시간이 흐르는 줄 몰랐다. 자리에서 일어나 시계를 보니 생각보다 시간이 훌쩍 지나갔다. 시내버스 앱 검색에서 통도사 출발 직행버스가 5분 후 도착한다고 했다.

"어, 5분이네!"

나는 급히 인사를 건네고 길 건너편에 보이는 정류장으로 향했다. 밤공기가 폐 깊숙이 들어왔다. 멀리서 버스 전조등이 보였다. 나는 뛰다시피 했다.

그러나 정류장에 도착했을 때, 직행버스의 문은 이미 닫히고 있었다. 버스가 천천히 출발하며 내 눈앞을 스쳐 지나갔다.

순간 허탈한 웃음이 나왔다. 조금만 덜 망설였더라면, 조금만 더 빨리 뛰었다면, 하고 후회해도 이미 떠난 버스였다.

'뭐, 버스는 또 오지.'

나는 숨을 고르며 전광판을 바라보았다. 잠시 후 시내 방향 일반 버스가 도착한다는 안내가 떴다. 정말로 몇 분 뒤, 버스가 도착했다. 나는 별 차이 없겠거니 하고 올라탔다. 직행이나 일반 버스나, 밤길을 달리는 것은 비슷할 거로 생각했다.

그러나 그것은 큰 오산이었다.

버스는 큰길을 벗어나더니 언양 반천의 옛길로 접어들었다. 젊을 때 무수히 다녔던 길이었다. 무등마을, 진목마을을 지나더니 범서 읍행정센터, 천상, 구영, 굴화, 다운, 태화, 동강병원… 읍소재지와 동네를 빙빙 돌아갔다. 직행버스로는 45분이면 도착할 거리였다. 하지만 이 버스는 두 시간이 넘게 걸렸다.

처음에는 그 또한 낭만처럼 느껴졌다. 술기운에 살짝 젖은 눈으로 바라본 밤의 불빛들은 아늑했다. 마을마다 켜진 가로등과 옛길의 정겨움, 상가의 네온사인이 물결처럼 스쳐 갔다. 창밖 풍경은 느린 영화 화면처럼 흘러갔다.

하지만 시간이 흐르자, 반복되는 정차 안내 방송이 지루하게 들렸다. '다음 정류장은…'이라는 멘트가 끝없이 이어졌다.

나는 아내에게 문자를 보냈다.

"직행버스 놓쳤어. 일반버스 탔는데 지금 두 시간째 빙빙 돈다."

곧 답장이 왔다.

"킥킥. 밤새도록 돌아다니세요."

그 문자를 읽고 나도 웃음이 났다. 그래, 급할 것 없는 세월이다. 오늘 조금 늦게 도착한다고 세상이 무너지는 것도 아니다. 순간에 따라 인생은 급행이 되기도 하고, 완행이 되기도 한다.

우리는 흔히 빠른 길만이 옳다고 믿는다. 그러나 완행버스처럼 돌아가는 길에도 나름의 풍경과 시간이 있다. 다만 그 시간을 받아들이는 마음의 여유가 필요할 뿐이다.

만약 내가 직행버스를 탔다면 수십 분 만에 도착했을 것이다. 그러나 나는 두 시간을 넘게 달려왔다. 덕분에 잊고 지냈던 마을 이름들을 다시 들었고, 밤의 구석구석을 보았다. 조금은 답답했지만, 그 또한 내 삶의 한 장면이었다.

버스에서 내려 집으로 향하는 길에 이런 생각이 들었다. 오늘 낮에는 예상치 못한 돈이 들어왔고, 밤에는 예상치 못한 완행 길을 달렸다. 빠름과 느림, 얻음과 기다림이 하루 안에 모두 담겨 있었다.

인생도 그렇지 않을까. 지금 놓친 기회 하나로 끝나는 것이 아니다. 떠난 버스가 있으면, 다음 버스가 온다. 다만 그 버스가 어떤 길로 가는지는 타봐야 안다.

나는 다짐했다. 단순하고 소박하게 살자. 욕심을 조금 내려놓고, 겸손한 마음으로 하루를 받아들이자. 나를 아는 모든 사람을 사랑으로 대하자.

내일은 오늘보다 더 감사한 일이 기다리고 있을 것이다. 그리고 혹시 또 직행버스를 놓치더라도, 웃으며 완행버스에 오를 수 있는 여유로운 삶을 즐기자는 생각을 가슴에 다시 한번 새겼다.

제3부
독서로 배우는 하루

나는 인생의 후반부를 '낙천성을 공부하는 시간'으로 삼기로 했다.

아침에 눈을 뜨면 스스로에게 주문을 건다.

"오늘은 어떤 일도 기쁘게 받아들이고, 세상을 밝게 바라보자."

혼잣말처럼 중얼거리며 일어나 창문을 연다.

떠오르는 태양을 마주하는 그 순간,

비관주의자였던 나는 다시 낙관주의자로 태어난다.

낙관성을 배우는 독서

    마틴 셀리그만 박사의 『심리학의 즐거움』을 펼쳤다. 수년 전 읽었던 책인데도 처음 읽는 것처럼 새로웠다. 독서란 이런 것일까. 책을 읽는 동안에는 내 생각이 문장 사이로 스며들어 고개를 끄덕이게 되지만, 책장을 덮고 나면 내용은 희미해진다. 독서법에 관한 책을 여러 권 읽었어도 여전히 '정답 같은 독서'는 어렵다. 그럼에도 분명한 한 가지는 있다. 좋은 책을 정독하고, 반복해서 읽는 것. 결국 기억에 오래 남는 독서는 그 방법뿐이라는 생각에 이른다.

    우리는 정말 '내 삶에 남은 책'을 한 권이라도 떠올릴 수 있을까.

    이 책의 첫 장에서 만난 문장은 유난히 강하게 다가왔다. "성공한 사람 중에 비관적인 사람은 단 한 명도 없다." '단 한 명도 없다'는 단정. 저자는 어떻게 이렇게 말할 수 있을까. 그만큼 비관주의자는 성공할 확률이 낮다는 의미로 들렸다. 나는 오래전부터 자신을 낙관성이 부족한 사람이라고 여겨왔다. 그렇다면 나는 정말 성공할 수 없는 사람일까. 나이 들수록 가능성의 문을 먼저 닫아버리고 있지는 않은가.

책은 말한다. 낙관성은 타고나는 기질이 아니라, 학습과 훈련으로 바꿀 수 있다고. 문제는 앎과 삶 사이의 거리다. 머리로는 적극적이고 낙천적인 사고가 필요하다는 걸 알면서도, 현실에서는 좀처럼 몸이 따라주지 않는다. 사람 만나는 일을 피하고, 남의 시선을 과도하게 의식하며, 행동 앞에서 망설이게 된다. 왜 그럴까. 기질의 문제일까. 아니면 낮은 자존감과 자아의 문제일까. 어쩌면 그래서 이 책을 다시 펼쳤는지도 모른다. 무언가를 다시 배우고 싶다는 마음이 슬며시 고개를 드는 것은 낙관성을 얻기 위해서다.

만약 저자가 말하는 성공이 권력, 명예, 돈이라면 나는 이미 그 레이스에서 멀어졌을지도 모른다. 그러나 성공의 정의는 하나가 아니다. 남에게 보여주는 성공이 있는가 하면, 내면이 충만해지고 자유로워지는 성공도 있다. 삶의 속도를 스스로 조절하고, 하루를 온전히 살아냈다고 느끼는 것. 그런 성공이라면, 나 역시 충분히 도달할 수 있다는 생각이 든다. 이 깨달음이 나를 다시 숨 쉬게 한다. 우리는 지금 어떤 성공을 꿈꾸고 있는가. 남에게 보여주기 위한 성공인가, 아니면 스스로에게 부끄럽지 않은 하루인가.

그래서 나는 인생의 후반부를 '낙천성을 공부하는 시간'으로 삼기로 했다. 아침에 눈을 뜨면 스스로에게 주문을 건다. "오늘은 어떤 일도 기쁘게 받아들이고, 세상을 밝게 바라보자." 혼잣말처럼 중얼거리며 일어나 창문을 연다. 떠오르는 태양을 마주하는 그 순간, 비관주의자였던 나는 다시 낙관주의자로 태어난다.

생각해 보면 누구의 삶이든 부정적인 면과 긍정적인 면은 늘 함께 존재한다. 특히 나이 든 자의 삶에서는 그 두 얼굴이 더욱 선명해진다. 체력은 예전 같지 않고, 역할은 줄어들었으며, 미래는 불확실해 보인다. 바로 그 지점에서 마음은 쉽게 부정으로 기울어진다. 다만 나는 그동안 긍정적인 면을 의도적으로 외면해 왔는지도 모른다. 그래서 걱정이 많았고, 불안을 끌어안고 살았다. 우울한 기분과 무엇엔가 쫓기는 조급함 속에서 보낸 시간들. 『심리학의 즐거움』은 그런 나를 멈춰 세우고 묻게 했다. 나는 요즘 무엇에 가장 많이 쫓기고 있는가. 시간인가, 돈인가, 아니면 스스로에 대한 실망감인가. 나는 지금 무엇과 싸우고 있는가.

책 속의 한 문장이 여운(餘韻)처럼 남는다. "당신이 반박해야 할 상대방은 바로 당신 자신의 부정적인 마음이다." 이 문장을 나는 이렇게 받아들였다. 굴복하지 말 것. 부정적인 마음에 절대 굴복하지 말 것. 하루를 마치며 이렇게 말할 수 있다면, 그 하루는 이미 성공이다. 오늘 우리는 부정적인 마음과 맞서 싸웠는가, 아니면 조용히 그 마음에 자리를 내주었는가.

마틴 셀리그만 박사는 어두운 성격이 드러나는 경우를 다음과 같이 말한다. 세상을 비관적으로 바라볼 때, 삶에서 즐거움을 찾지 못할 때, 모든 것이 시시하게 느껴질 때, 미래에 대한 희망이 사라질 때, 사람들과 어울리기를 꺼릴 때, 만족과 감사가 느껴지지 않을 때, 불만과 불평이 늘어날 때. 이 모습들은 특히 나이 든 세대에서 더 자주 발견되는 생각들인지도 모른다. 이 항목들 가운데 몇 개나 우리의 마음에 해당될까. 그리고 그것을 바꿔볼 용의는 있을까.

우울한 사람은 언어에서 비관을 드러내고, 우울하지 않은 사람은 말 속에 낙관을 담는다고 한다. 그래서 나는 말부터 바꾸기로 했다. 힘이 없을수록 더 크게 말해 본다.

"나는 정말 대단한 사람이다."

이 문장을 입 밖으로 내뱉는 순간, 삶은 조금씩 방향을 튼다. 삶은 무거운 결심이 아니라, 이런 작은 방향 전환 하나로 충분히 달라질 수 있다. 낙관은 그렇게, 아주 작은 말 한마디에서 시작된다.

무종교 독자의 불편한 생각

　앙드레 지드의 『좁은 문』을 읽었다. 고전에 관심을 두고 살피던 중에 『좁은 문』이 사랑과 종교를 다룬 이야기라 흥미롭게 다가왔다.

　책장을 넘길수록 소설 속으로 깊이 들어가기보다는, 계속 밖에 서 있는 느낌이 들었다. 이야기는 청년 제롬과 그의 외사촌 누이 알리사의 사랑을 중심으로 전개되지만, 그 사랑은 끝내 현실이 되지 않는다.

　읽는 동안 가장 먼저 마음에 걸린 것은 내용보다도 생각의 엉뚱함이었다.

　사촌 간의 사랑이라니. 사촌은 아버지, 어머니 형제의 아들과 딸들이다. 어릴 적에는 친형제처럼 지냈다고 해도 고개를 끄덕일 수 있다. 그런 사촌들이 이성의 감정으로 사랑하고 결혼한다는 설정은 쉽게 받아들이기 어려웠다. 우리나라에서는 법적으로도, 정서적으로도 허용하지 않는 관계이기 때문이다.

　그 부자연스러움을 그냥 넘길 수 없어 인터넷을 뒤져보았다. 놀랍게도 사촌 간의 결혼이 가능한 나라가 의외로 많았다. 일본을 비롯해 유럽의 다수 국가, 중동과 아시아 일부 지역에서도 법적으로 문제가 되지 않았다. 오히려 한국과 중국, 미국의 몇몇 주만이 엄격히 금지하고 있었다. 더 놀라운 사실은 우리 역시 고려 시대까지는 사촌 간 혼인이 가능했다는 점이었다. 다양한 문화를 내 기준 하나로만 판단할 수는 없다는 생각이 들었다.

그럼에도 삼촌, 고모, 이모의 아들딸, 곧 오빠·누나·동생과의 결혼이라는 설정은 내 정서로는 끝내 편안해지지 않았다. 그래서 이 불편함의 자체가 이 소설을 읽는 출발점이라는 생각이 들었다.

『좁은 문』은 처음부터 나의 기준을 흔드는 이야기였다. 종교를 갖지 않은 나로서는 줄거리의 이해 또한 쉽지 않았다.

알리사는 분명 제롬을 사랑한다. 그러나 그녀의 사랑은 늘 하느님 앞에서 멈춰 선다. 그녀가 말하는 '좁은 문'은 하느님께 이르는 길이며, 그 길은 고통과 절제, 그리고 포기를 요구한다.

알리사는 현실의 사랑이 자신을 하느님에게서 멀어지게 할 것이라 믿고, 결국 사랑을 외면한다.

그리고 끝내 그녀는 죽음을 선택한다.

이 지점에서 나는 완전히 멈춰 서지 않을 수 없었다.

종교가 없는 나로서는 도무지 이해할 수 없는 죽음이었다. 인간적인 행복을 희생하면서까지 하느님을 섬겨야 할 이유, 사랑을 죄처럼 밀어내야 할 이유가 쉽게 와닿지 않았다. 사랑하며 사는 것이 왜 신앙의 걸림돌이 되는가? 살아 있는 삶보다 죽음이 더 고귀해질 수 있는가?

그러다 알리사가 남긴 일기장을 읽으며 관점을 조금 달리해 보려 했다. 그 일기에는 제롬을 향한 간절한 사랑이 고스란히 담겨 있었기 때문이다. 그녀는 사랑하지 않아서 떠난 것이 아니었다. 오히려 너무 사랑했기에, 그 사랑이 하느님 앞에서 불순해질까 두려워 스스로를 가두어 버린 것이다.

그러나 그 선택은 숭고하게 보이기보다는, 종교라는 이름으로 한 인간이 자기 자신에게 가한 가혹한 형벌처럼 느껴졌다. 그래서 질문을 던져본다. 하느님을 만나기 위해 '좁은 문'으로 들어서면서 사랑을 버리고 죽음을 선택함이 최선일까?

나는 이 소설이 종교와 사랑을 모두 찬미하기 위한 작품은 아니라는 생각에 이르렀다. 『좁은 문』은 기독교적 금욕주의의 빛을 보여주는 동시에, 그 어둠을 외면하지 않고 드러낸다. 작가는 직접 비판하지 않는다. 다만 질문을 던질 뿐이다. 신앙이라는 이름으로 인간의 행복을 희생시키는 것이 과연 신의 뜻인가, 아니면 인간이 만들어 낸 도덕적 강박인가.

나는 이 소설을 종교적·도덕적 편견이라는 관점으로 읽게 되었다. 알리사는 그 관점의 질문에 자신의 삶으로 답했고, 그 해답은 죽음이었다. 그 죽음을 보면서 문득 이런 생각이 들었다. 고통을 선택하면 고귀해지고, 행복을 선택하면 타락하는 것일까. 그리고 남겨진 제롬은 평생 이해하지 못할 상처를 안고 살아가야 하는데. 신을 선택한 한 사람의 결단이 다른 한 사람의 삶을 얼마나 깊이 파괴하는지를, 이 소설은 말없이 보여주었다.

『좁은 문』은 읽고 난 뒤에도 마음이 편해지지 않는 작품이었다. 종교 없는 나로서는 더욱 그랬다. 내 정서로는, 내 삶의 감각으로는 끝내 알리사의 선택에 동의할 수 없었다. 그러나 그 이해되지 않음 때문에 이 소설은 오래 남는지도 모른다.

이 책은 신앙을 가진 사람보다, 오히려 종교 바깥에 서 있는 나와 같은 독자에게 더 많은 질문을 던지는 소설이 아닐까를 생각했다.

어쩌면 '좁은 문'은 하느님이 만든 문이 아니라, 인간이 스스로 만들어 놓고 통과하느라 괴로워하는 문일지도 모른다.

종교 없는 나는, 그 문 앞에서 끝내 들어가지 못한 채 오래 서 있었다.

서재를 만들면서

　서재를 갖고 싶다는 생각은 오래전부터 해왔으나, 늘 공간이 없다는 이유로 마음속에서만 굴리다 내려놓곤 했다.

　몇 해 전 농막에 책상을 들이고 책장과 컴퓨터를 설치했을 때, 그나마 꿈에 가까워졌다고 스스로를 위로했다. 텃밭을 가꾸다 잠시 책을 펼치고, 생각이 무르익으면 글을 쓰는 시간은 분명 소중했다. 다만 차를 타고 이동해야 한다는 불편함이 늘 따라다녔다.

　아침에 눈을 뜨면 곧바로 책상 앞에 앉고 싶었다. 그러나 농막은 생활의 동선에서 벗어나 있었다. 그 사소한 거리 때문에 독서와 글쓰기는 늘 '조금 뒤로 미뤄도 되는 일'이 되었다.

　그러던 어느 날, 큰아들이 분가하며 비어 있는 방이 문득 떠올랐다. 여태 왜 그 생각을 하지 못했을까. 침대와 옷장, 결혼 전부터 쓰던 물건들이 그대로 남아 있어 그 방을 여전히 '아이의 방'으로만 여기고 있었던 것이다. 언제나 생각의 폭이 좁은 자신의 한계를 인정하는 순간이었다.

　방을 정리하고 그 공간에 나만의 서재를 만들어 보겠다는 마음이 서자 자꾸만 설렘이 찾아왔다. 아들 가게를 돕고 늦게 돌아온 아내에게 말을 꺼냈더니, 흔쾌히 고개를 끄덕였다.

퇴직 후 시간이 많아졌다고들 말한다. 그러나 시간을 죽이기 위한 흔한 자리와 뻔한 이야기로 보내기에는, 유한한 생을 낭비하는 것 같이 느껴졌다. 내면의 기쁨은 결국 책을 통하여 사유하고 깨어 있는 시간에서 더 오래 간직된다. 그 생각을 오래전부터 가졌으나 사유의 공간이 없다는 핑계로 자꾸만 미뤄왔을 뿐이다.

세상의 중심은 나이기에 내가 없는 세상은 무의미하다. 여기서 내가 없는 세상이란 죽음이 아니라, 스스로를 의식하지 못한 채 흘려보낸 시간들이다. 온전한 정신으로 자기 삶을 살아내는 사람은 생각보다 많지 않다. 삶을 산다는 것은 단순히 존재함이 아니라, 매 순간 자아의 내면으로 돌아오는 일일 것이다. 어쩌면 나는 오늘, 서재를 만들며 그 아늑한 공간에서 그런 삶을 꿈꾸는지도 모른다.

현직에서 물러난 뒤, 이제 무엇으로 하루를 채워야 할지 스스로에게 자주 물었다. 나의 기질에 맞는 삶의 동력은 무엇일까. 100세 시대라 말하는 세월 앞에서, 이대로 주저앉아 시간을 흘려보낼 수는 없었다. 그렇게 떠오른 것이 '3 GO'였다. 걷고, 읽고, 쓰고. 이 세 가지를 평생의 원동력으로 삼아 보자고 마음먹었다.

주위에서는 이제 하루 잘 놀기만 하면 되지 않느냐고 말한다. 그 말에 고개를 끄덕이면서도, 나는 다시 묻게 된다. 무엇을 하며 놀 것인가. 내 기질은 많은 사람이 즐기는 골프나 마라톤 같은 동적인 취미보다는, 고요히 내적으로 깊어지는 시간을 더 좋아한다. 우리는 종종 내가 원하는 것보다 남들이 하니까 따르는 취미를 고른다.

나 역시 그랬고, 그래서 오래가지 못했다.

이제는 생각을 바꾸었다. 내 기질에 맞는 취미가 기쁨이고 즐거움이라면 기꺼이 그것을 선택해야 한다. 많은 사람이 걸어가는 길보다는 혼자 걸어도 편안한 길이라면 그 길이 옳다고 믿기로 했다.

아침에 일어나 가볍게 몸을 풀고 책을 펼친다. 오전에는 햇살 좋은 공원을 걷고, 저녁에는 블로그에 글을 올리거나 일기를 쓴다. 그것이 요즘 내가 살아가는 '3 GO'의 하루다. 때로는 순서가 바뀌어 새벽에 걷고, 낮에 읽고, 밤에 쓰기도 한다. 이제는 규칙보다 자유가, 계획보다 호흡이 더 중요해졌다.

내일은 아들 침대를 들어내고 방의 물건부터 정리할 생각이다. 30년간 자식 체취가 배어 있던 방이, 조용히 나의 공간으로 다시 태어날 것이다.

조선 후기의 학자 이덕무는 자신을 "책만 읽는 바보"라 불렀다. 서자였고 늦게야 정조의 눈에 들어 규장각 검서관이 되었다. 그에게 벼슬은 인생의 보상이 아니었다. 세상의 기준으로 보면 크게 성공하지 못한 인생에 가까웠을지도 모른다. 그러나 그의 방 한 칸에는 늘 책이 쌓여 있었고, 그 서재는 곧 그의 세계였다. 바보의 세계가 좋아 나 또한 그런 서재를 만들고 있다.

나이 들어 서재를 만든다는 것은 더 많은 것을 이루겠다는 욕심이 아니라, 삶에 흔들리지 않기 위해 다시 책 곁으로 돌아오는 일이다. 그리고 어쩌면, 서재를 만든다는 것은 남은 생을 크게 쓰겠다는 결심이 아니라, 하루를 제대로 살겠다는 약속일지도 모른다.

글이 나를 부끄럽게 한 저녁

　2022년 어느 저녁, 나는 수필을 배우는 문우반의 합평 수업에 참석했다. 퇴직 후 본격적으로 글을 써보겠다고 마음먹고 들어간 글방이었다. 글방에는 늘 그렇듯 임원들이 먼저 도착해 책상을 정리하고, 자료를 나누며 수업을 준비하고 있었다. 그 풍경을 보며 나는 이곳이 단순히 글을 쓰는 곳이 아니라, 글을 대하는 태도를 배우는 공간이라는 생각을 했다.

　그날은 회원 몇 명이 돌아가며 자작 수필을 발표하고 함께 토론하는 날이었다. 두 문우의 발표가 끝난 뒤, 마침내 내 차례가 되었다. 나는 「세 개의 신발」이라는 제목의 글을 준비해 갔다. 떠오른 대로 그냥 쓴 글이었다.

　첫 번째 신발은 퇴직 후 장터에서 산 운동화였다. 값싸고 투박하지만, 나이가 들수록 이런 신발이 오히려 발을 덜 피로하게 한다는 이야기였다. 두 번째 신발은 35년 전, 아내와 만나던 시절 진주로 여행을 갔을 때의 구두 에피소드였다. 구두를 닦기 위해 맡겼는데, 굽은 구두를 바르게 세웠다며 수선비를 더 내라고 했던 황당한 기억을 웃자고 꺼냈다. 세 번째 신발은 현직 시절 매일 신었던 검정 구두였다. 직장생활의 고단함이 닳아버린 구두와 닮았다는 비유로 글을 맺었다.

나로서는 인생의 세 시기를 '신발'이라는 소재로 엮은 글이라고 생각했다. 그러나 합평이 시작되자 예상하지 못한 반응이 이어졌다. 제목부터 어색하다는 지적이 나왔고, 특히 젊은 시절의 진주 여행 이야기에 대해 거부감이 든다는 의견이 나왔다. 추억을 담담히 풀어냈다고 여겼던 대목이, 누군가에게는 불편하게 읽힌 것이다.

더 당황스러웠던 것은 구두의 비유에 대한 평가였다. 그 비유가 왜 필요한지 모르겠고, 뜻이 분명하지 않다는 말이 이어졌다. 나는 그제야 깨달았다. '마음 가는 대로 쓰는 것이 수필'이라는 말을 너무 쉽게 받아들이고 있었다는 사실을.

그날 나는 일기와 수필의 차이를 몸으로 배웠다. 일기는 나 혼자만 읽는 글이다. 감정이 앞서도 되고, 맥락이 어긋나도 문제가 되지 않는다. 그러나 수필은 독자를 전제로 하는 글이다. 글쓴이의 감정은 출발점일 뿐, 도착점은 독자의 공감이어야 한다. 내 감정만 앞세운 글은, 독자에게는 사적인 고백이나 자기중심적인 독백으로 보일 수 있다.

「세 개의 신발」에서 가장 큰 문제는 소재가 아니었다. 주관적인 감정과 태도였다. 신발이라는 일상적이고 좋은 소재를 잡고도, 나는 '이 이야기가 독자에게 어떤 의미가 있을 수 있는지'를 끝까지 고민하지 않았다. 퇴직 후 장터 운동화의 편안함은 노년의 삶을 살아가는 많은 이들이 공감할 수 있는 감각으로 확장될 수 있었다. 직장인의 검정 구두 역시 조직 속에서 버텨 온 세대의 보편적 기억으로 다듬을 수 있었다.

그러나 젊은 시절의 구두 이야기는 나의 추억과 감정에 머물러 있었다. 그 장면이 독자에게 어떻게 읽힐지에 대한 거리 가늠이 부족했다. 그날의 합평은 내게 분명한 기준을 하나 남겼다. 추억을 쓸 때일수록, 더 조심해야 한다는 사실이다. 추억은 쓰는 사람에게는 그때의 감정과 따뜻함이지만, 독자에게는 맥락 없는 사적인 이야기로 느껴질 수 있다.

그 지적이 너무 강력해 그날 나는 얼굴이 화끈거렸고, 한동안 '내가 뭘 그렇게 잘못했을까' 하는 생각에 잠겼다. 그러나 시간이 지나며 알게 되었다. 그 경험이 없었다면 나는 여전히 독자를 잊은 채 혼자만의 글을 쓰고 있었을 것이다. 초보자의 어린 감정의 배출은 부끄럽지만, 동시에 더 배움의 길로 나아갈 수 있게 했다.

독자를 의식한 글쓰기는 결국 삶을 대하는 태도와 닮아 있다. 우리는 종종 내 감정과 생각을 먼저 내세운다. 상대가 어떻게 느낄지는 충분히 생각하지 않은 채 말하고 행동한다. 그러다 오해가 쌓이고 관계가 멀어진다. 타자를 고려하지 않은 글이 거부감을 주듯, 타인을 배려하지 않은 삶의 태도 또한 관계를 어렵게 만든다.

그날 이후로 나는 글을 쓸 때 스스로에게 몇 가지 질문을 던진다. 이 장면은 나만 아는 재미는 아닌가. 이 표현은 누군가에게 불편함을 주지는 않는가. 비유는 감동을 돕고 있는가, 아니면 혼란을 키우고 있는가. 솔직하되 독단적이지 않고, 진실하되 무례하지 않은 글을 쓰고 있는지 묻는다.

그날 겪은 그 부끄러운 합평 수업은, 지금도 내 글쓰기의 기준점으로 남아 있다. 글을 쓸 때마다 나는 그날을 떠올린다. 그리고 조용히 묻는다. 이 글은 나만의 감정에 머물러 있지 않은가, 독자가 함께 걸어갈 자리를 마련해 두었는가. 그러나 지금도 그 물음에서 완전히 자유로울 수는 없다.

세 개의 신발은 여전히 내 삶의 중요한 상징이다. 다만 이제 나는 그 신발들을 혼자만의 추억으로 남겨두지 않으려 한다. 누군가의 삶과 겹칠 수 있는 이야기로, 조금은 절제된 마음으로 내놓으려 한다. 글쓰기를 배우는 일은 결국, 나를 낮추고 세상을 넓히는 일이기 때문이다.

책 속에서 깊어 가는
가을의 사색

　가을은 책과 함께 사유가 깊어지는 계절이다. 여름 내내 무성하던 잎들은 어느새 빛을 낮추고, 자신이 머물던 자리를 기꺼이 비워 낸다. 붉은 단풍으로 물들다 갈색으로 떨어지는 모습을 바라보고 있노라면, 생이란 결국 쌓아 올리는 일이 아니라 내려놓는 일에 가깝다는 생각이 든다. 선선한 바람에 일렁이는 억새와 흩날리는 갈대는 말이 없지만, 그 흔들림만으로도 우리에게 충분한 질문을 던진다. 나는 지금 어디쯤 와 있는가, 그리고 무엇을 향해 가고 있는가.

　퇴직 이후의 시간은 이전과는 전혀 다른 결을 지닌다. 더 이상 시간에 쫓기지 않고, 해야 할 일보다 하고 싶은 일을 먼저 떠올릴 수 있는 삶. 젊은 시절의 나는 늘 '내일'을 위해 오늘을 저당 잡혔다. 먹고살기 위해, 책임을 다하기 위해, 가족을 부양하기 위해 쉼 없이 달렸다. 그 시절의 성실함과 치열함을 부정할 수는 없다. 다만 이제와 돌아보면, 그 모든 분주함 속에서 나 자신에게 얼마나 귀 기울였는지는 선뜻 대답하기 어렵다.

가을이 되면 시간의 성질이 달라진다. 빠르게 흐르던 시간이 잠시 속도를 늦추고, 그 틈에서 우리는 비로소 자신을 돌아볼 여유를 얻는다. 퇴직은 그런 계절적 변화와 닮았다. 더는 무대의 중앙에 서 있지 않아도 되는 자리, 그러나 그만큼 삶 전체가 또렷이 보이는 자리. 젊음은 멀어졌지만, 그 대신 사유할 수 있는 깊이가 생겼다. 헤르만 헤세는 『데미안』에서 "새는 알을 깨고 나오려고 투쟁한다. 알은 세계다"라고 썼다. 퇴직 이후의 삶 역시 하나의 알을 깨고 나오는 과정일지 모른다. 익숙했던 세계를 벗어나 비로소 나만의 하늘을 향해 날아오르는 시간 말이다.

젊은 시절의 가을은 늘 스쳐 지나갔다. 청사 창밖으로 잠시 보이는 단풍, 출퇴근길에 밟히는 낙엽 소리 정도로만 인식되었다. 그러나 지금의 가을은 다르다. 걷는 속도가 느려진 만큼, 계절은 더 많은 이야기를 들려준다. 혼자 걷는 산책길에서 마주치는 햇살, 바람에 실린 흙냄새, 해가 짧아졌음을 알려주는 저녁 어스름. 이런 감각들은 젊을 때는 미처 누리지 못했던 삶의 결이다.

몽테뉴는 『수상록』에서 "철학 한다는 것은 죽음을 준비하는 일"이라 했지만, 나이 듦의 사색은 오히려 어떻게 살아야 할지를 더 또렷하게 묻는다.

인생의 후반부에 들어서면, 인간관계 역시 다른 얼굴을 드러낸다. 이해관계로 맺어진 관계들은 역할이 사라지면 자연스럽게 멀어진다. 수십 년을 함께한 직장 동료도, 명함을 내려놓는 순간 서로의 안부를 묻지 않게 된다. 그것이 배신이라기보다는, 관계의 성질이 그러했음을 이제는 담담히 받아들일 수 있다. 반면 가족은 다르다. 때로는 가장 큰 갈등의 원천이 되기도 하지만, 돌아서면 다시 품을 내어주는 존재들. 갈등이 있다는 사실은 아직 서로에게 기대가 남아 있다는 증거이기도 하다.

레프 톨스토이는 『안나 카레니나』의 첫 문장에서 "행복한 가정은 모두 비슷하지만, 불행한 가정은 저마다의 이유로 불행하다"라고 말했다. 긴 세월을 함께 살아온 부부와 형제의 관계는 결코, 단순하지 않다. 그러나 그 복잡함 속에서도 결국 남는 것은 서로를 향한 연민과 책임, 그리고 정이다. 혼자 걷는 인생길에서 가족만큼 따뜻한 쉼터가 또 있을까.

가을밤, 서재에 앉아 책을 읽다 보면 우주의 크기와 개인의 미미함이 동시에 느껴진다. 무한한 시간과 공간 속에서 나는 잠시 머물다 가는 존재다. '나는 누구인가'라는 질문에 명확한 답을 얻지 못하더라도 괜찮다. 중요한 것은 오늘 하루를 어떻게 살았는가이다. 알베르 카뮈는 『시지프 신화』에서 부조리한 세계 속에서도 인간은 스스로 의미를 만들어야 한다고 말했다. 퇴직 이후의 삶은 바로 그 '의미 만들기'에 더 집중할 수 있는 시간이다.

이루지 못한 것들을 헤아리며 후회하기보다는, 지금 할 수 있는 일을 소중히 여기는 태도. 큰 성취가 아니어도 좋다. 하루 한 번 웃고, 고마움을 표현하고, 몸을 움직이며 걷고, 마음을 다해 읽고 쓰는 일. 그런 소소한 실천들이 모여 인생의 밀도를 높인다. 웃음은 가장 값싼 보약이자, 나이 듦을 견디게 하는 힘이다.

우리의 삶과 가을도 결국 겨울로 향하지만, 그 과정은 결코, 쓸쓸하지만은 않다. 나무는 잎을 떨구며 다음 봄을 준비하고, 우리는 욕심을 덜어내며 남은 생을 준비한다. 퇴직은 끝이 아니라 또 다른 시작이다. 젊은 시절의 나와 지금의 나는 서로 다른 계절을 살고 있지만, 둘 다 내 삶의 일부다. 가을 냄새가 짙어질수록, 나는 비로소 나이 드는 일의 기쁨을 배운다. 오늘이라는 하루를 감사히 살아내는 것, 그것이 인생의 후반부에 주어진 가장 깊은 사명일지도 모른다.

소설『토지』속 허울 좋은
자유의 초상

　백수의 한가한 시간, 공원을 한 바퀴 돌고 돌아와 다시 소설『토지』를 펼쳤다. 두 번째 읽는 소설임에도 박경리의 문학 세계는 여전히 살아있었다. 토지에는 22권, 400페이지 안팎의 분량이 이어지는 대하 속에 600명이 넘는 인물이 등장한다. 그 방대한 세계는 결코, 느슨하지 않고, 인물 하나하나가 시대의 살과 뼈를 입고 살아 움직인다.

　이 수많은 인물 가운데 내가 가장 불편하게 느끼는 존재는 노골적인 악인 조준구도, 일제의 밀정 김두수도, 탐욕을 숨기지 않는 귀녀와 평산도 아니다. 오히려 가장 불쾌한 인물은 양반의 아들이자 지식인으로 설정된 이상현이다. 명망가 집안, 동경 유하, 최참판댁 예비 사위 1순위, 요즘 말로 금수저라 할만하다. 그는 악을 자처하지 않고, 폭력을 드러내지도 않는다. 그러나 그는 무기력한 지식인의 허상에 불과하다. 그는 시대의 모순을 정면으로 끌어안기보다는, 말과 태도 속에 은폐한 채 유랑한다.

　　이상현의 본질이 가장 선명하게 드러나는 장면은 길상이 두 아들 환국과 윤국, 그리고 양현이를 데리고 하동 이부사댁을 방문하는 대목이다. 겉으로는 단순한 인사처럼 보이지만, 그 장면에는 양반 사회의 균열이 조용히 배어 있다. 사랑채에 들어선 아이들 가운데서 시우 어머니의 시선은 한 아이에게 멈춘다. 둘째 민우와 쌍둥이처럼 닮은 얼굴. 낯설지 않은 눈매와 입매. 그녀는 말없이 혼란에 빠진다.

　　'저 아이는 누구인가.'

　　그러나 묻지 않는다. 묻지 않는 것이 양반가 여인의 도리였고, 모르는 척하는 것이 질서를 유지하는 방식이었기 때문이다.

　　양현이는 그 시선을 받으면서도 아무것도 모른 채 고개를 숙인다. 섬진강에 몸을 던져 생을 마감한 봉순이의 딸, 기생 기화가 된 어머니의 이름조차 온전히 불리지 못한 채 태어난 아이. 그러나 최참판댁에서 서희의 손에 길러진 양현이는 주눅 든 존재가 아니다. 친자식과 다름없는 대접을 받으며 자랐고, 그 아이가 이제 양반가의 안채 마루에 앉아, 자신의 존재 이유도 모른 채 묵묵히 어른들의 얼굴을 살피고 있다.

　　길상이 굳이 양현이를 이부사댁에 데려온 이유는 분명하다. 이는 단순한 호의나 우연이 아니라, 말로 밝힐 수 없는 진실을 '닮음'이라는 형태로 드러내 보이려는 무언의 고발이다. 이상현의 핏줄이라는 사실을, 아이는 부정할 수 없다는 것을 길상은 조용히 보여준다. 말 대신 아이를 세운 것이다.

이 지점에서 이상현이라는 인물은 더욱 선명해진다. 그는 봉순이를 버렸고, 기생 기화와의 관계를 책임지지 않았다. 부모가 맺어준 본가의 처를 등지고 자유롭게 유랑하면서도, 그 선택이 남긴 삶의 무게에 대해서는 끝내 외면한다. 지식인이라는 이름으로, 양반 자제라는 체면으로 그는 자유를 누렸지만, 그 자유는 언제나 타인의 희생 위에 놓여 있었다.

양현과 민우는 이복형제다. 닮은 얼굴은 그 사실을 증명하지만, 세상은 그 둘을 전혀 다른 자리에서 바라본다. 한 아이는 양반가의 적자로 보호받고, 다른 아이는 출생의 비밀을 짊어진 채 조용히 살아가야 한다. 이상현은 그 간극의 중심에 있으면서도, 어느 쪽에도 책임지지 않는다. 그는 사유하고 말하지만, 자신의 피로 태어난 생명 앞에서는 침묵한다.

시우 어머니의 혼란은 개인적 감정이 아니다. 그것은 양반 사회가 유지되기 위해 반드시 덮어야 했던 진실이 흔들리는 순간이다. 모른 척해야 유지되는 질서, 묻지 않아야 존속되는 체면. 그리고 그 모든 구조의 중심에 이상현 같은 인물이 있다. 그는 시대를 고민하는 지식인처럼 보이지만, 실상은 가장 안전한 자리에서 책임을 회피하는 존재다.

2024년에 다시 읽는 『토지』에서 이상현은 더 이상 애매한 비극의 주인공이 아니다. 그는 허울 좋은 양반의 표상이다. 박경리는 그를 노골적으로 단죄하지 않는다. 대신 양현이라는 아이를 그 자리에 세운다. 아이의 얼굴과 침묵, 그리고 삶 자체가 이상현의 모순을 말 없이 고발한다.

이상현은 과거의 인물로만 머물지 않는다. 그는 오늘의 우리를 비추는 얼굴이다. 학력과 이력, 세련된 언어와 사유의 외형은 갖추었으되, 자신의 선택이 타인의 삶에 남기는 흔적에 대해서는 책임지지 않는 현대의 지식인들. 시대를 비판하는 말은 넘치지만, 가장 가까운 관계와 현실 앞에서는 한발 물러서는 태도. 이상현의 유랑은 물리적 방랑이었지만, 오늘의 유랑은 제도와 권위 속에서 안전하게 이루어진다.

『토지』가 던지는 질문은 분명하다. 우리는 얼마나 많이 생각하는 사람처럼 말하면서, 얼마나 적게 책임지는 사람으로 살아가고 있는가. 권위와 소속, 체면과 명분에 기대어 내면의 윤리를 유예하고 있지는 않은가. 이 질문에 답하지 않는 한, 시대가 달라져도 이상현은 반복되고, 또 다른 양현은 조용히 태어나 우리의 삶 가장자리에서 자라날 것이다.

겨울밤, 민중의 숨결을 읽다

　추운 날씨에 온종일 집에 머물며 조정래 작가의 소설 『아리랑』을 읽었다. 평소라면 하루를 걷기로 채웠겠지만, 이날만큼은 발을 쉬게 하고 눈과 마음을 움직였다. 걷지 않는 하루, 책만 읽는 시간 또한 충분히 즐거울 수 있다는 사실을 새삼 깨달았다. 추위는 사람을 밖으로 내몰기보다 안으로 끌어당긴다. 몸은 움츠러들지만, 그 덕분에 마음은 책 속으로 깊이 스며든다. 어쩌면 이 시간은 계절이 건네준 조용한 선물인지도 모른다. 우리는 늘 주어진 여건에 맞추어 살아간다. 계절에 순응하며, 그 안에서 나만의 리듬을 찾아가는 일 또한 삶의 지혜일 것이다.

　『아리랑』은 군산과 김제 평야를 중심으로 일제 강점기 민중의 삶과 민족의 애환을 그린 대하소설이다. 일본은 넓고 기름진 평야를 노리고 지주들을 회유한다. 돈을 더 얹어 주겠다는 말에 많은 지주들은 땅을 하나둘 넘기고, 그 대가로 당장의 안도감을 얻는다. 그러나 그 선택의 끝에는 소작인으로 전락할 운명이 기다리고 있다. 무지와 안일함은 그렇게 역사의 비극과 맞닿아 있었다.

그 속에서 양심 있는 젊은 양반가 출신 송수익은 다른 길을 선택한다. 그는 지주들에게 땅을 팔지 말라고 설득하며, 아이들을 가르칠 학교를 세우는 것이 자신의 꿈이라고 말한다. 그러나 깨어 있는 생각은 언제나 불편한 존재가 된다. 일본 주재 소장의 계략으로 그는 끝내 붙잡혀 가고, 그의 이상은 시대의 벽 앞에서 좌절된다. 대부분의 양반들이 현실과 타협하거나 기득권을 지키는 데 급급했던 것과 달리, 송수익의 관념에는 인간애가 살아 있었다. 그 깨어 있음에서 풍겨 나오는 멋스러움이 잔잔하게 마음에 남았다.

소설 속 감골댁의 이야기는 읽는 내내 숨을 고르게 만든다. 동학에 가담했던 남편은 죽임을 당하고, 큰아들은 하와이 사탕수수 농장으로 팔려 간다. 남은 것은 딸 셋과 어린 아들, 그리고 끝이 보이지 않는 가난이다. 굶주림은 일상이 되었고, 하루하루를 버티는 일조차 쉽지 않다. 그런 상황에서 중매쟁이는 큰딸 보름이를 늙은 참봉 영감의 첩으로 보내자는 제안을 한다. 논 다섯 마지기. 그 대가로 가족의 굶주림을 막을 수 있다는 조건이다.

밤새 고민에 빠진 감골댁은 끝내 결론에 이른다. 자식을 팔아 주린 배를 채울 수는 없다는 것. 어머니의 마음은 그렇게 단호했다. 그러나 보름이는 달랐다. 어둠 속에서 뒤척이며 고민하던 끝에, 한 몸을 희생해 가족을 살리겠다는 결심을 굳힌다. 부모의 마음과 자식의 마음은 이렇게 다르면서도 닮아 있다. 흔히 '자식 이기는 부모 없다'고 말하지만, 이 이야기에서는 오히려 반대였다. 어머니의 마음은 주린 배보다 위대했고, 딸의 선택은 그 위대함을 넘어서는 또 다른 슬픔이었다.

같은 일제 강점기를 다룬 박경리의 『토지』와 비교하면, 『아리랑』은 또 다른 글맛을 지니고 있다. 『토지』가 삶의 뿌리와 인간 군상의 운명을 장대한 호흡으로 그려낸다면, 『아리랑』은 민중의 분노와 한숨, 그리고 꺼지지 않는 생의 의지를 보다 직설적으로 전한다. 두 작품은 같은 시대를 말하면서도 서로 다른 결을 지닌다. 그 차이가 독서의 깊이를 더한다.

추위의 끝자락에 다다른 겨울밤, 나는 이 소설을 읽으며 시간 여행을 했다. 머지않은 시대를 살았던 선조들의 삶 속으로 스며드는 경험은, 한적한 숲길을 혼자 걷는 느낌과 닮아 있었다. 눈앞에 펼쳐지는 이야기는 아픔이지만, 격한 연민은 일지 않았다. 다만 그 시대의 아픔이 안타까울 뿐이었다. 이해하려 애쓰는 마음, 그 자체가 사색이었다.

밤은 점점 깊어 가고, 끝자락의 겨울밤은 컴컴한 어둠 속으로 가라앉았다. 아무도 없고, 아무 소리도 들리지 않는 어둠은 사색과 함께하는 고독의 전령사다. 혼자 있는 무념무상의 시간은 시간과 공간을 초월해 나만의 세계로 숨어들게 한다. 책을 덮고도 이야기는 계속 마음속에서 살아 움직였다.

우리가 지금 누리는 이 풍족함은 결코 저절로 주어진 것이 아니다. 그 시대를 살았던 사람들의 피와 땀, 그리고 수없이 삼킨 한숨 위에 놓여 있다. 이 사실을 잊지 않는 것이 오늘을 사는 우리의 몫일 것이다. 『아리랑』을 읽는 시간은 과거를 되짚는 일이자, 현재의 삶을 다시 바라보는 일이었다. 그래서 나는 오늘도 감사하는 마음으로 하루를 살아가려 한다. 의미 없는 날은 없고, 사소한 일상 또한 역사 위에 놓여 있음을 기억하면서.

외롭지 않으려 책을 펼친다

봄비가 아침부터 내렸다.

우산을 쓰고 아파트 뒷산을 넘어 아들 가게로 향했다. 비 오는 날의 산속 길은 늘 고요하다. 나뭇잎에 맺힌 물방울이 떨어지는 소리, 젖은 흙냄새, 천천히 걸으며 가슴에 스며드는 촉촉한 공기. 하루를 서두르지 않아도 된다는 신호처럼 느껴진다.

궂은 날씨 탓인지 손님 발길은 뜸했다. 바쁠 것 없이 점심 장사를 돕고 집으로 돌아왔다. 이렇게 하루가 그냥 흘러가는 날이면 문득 생각한다.

취미도, 자주 만나는 친구도 많지 않은 나는 무엇으로 이 시간을 채우고 있는가. 그 답은 늘 하나에 머문다.

책이다.

사람을 많이 만나지 않아도 외롭지 않으려면, 내게는 책이 필요하다. 말이 많지 않아도 좋고, 나를 재촉하지도 않는다. 가만히 곁에 앉아 있다가, 외롭냐며 조용히 말을 건네는 존재. 누군가는 그것을 고독이라고 부르겠지만, 나는 이제 그 시간을 내 것이 되는 시간이라 생각한다.

세상에서는 어리석다고 말할지 몰라도, 책만 붙들고 살아도 괜찮겠다는 생각이 들 때가 있다. 혼자일 때다. 세상이 요구하는 속도에서 한발 비켜서, 읽고, 쓰고, 생각하고 걷는 삶. 인생의 후반부에 접어들수록 그런 삶이 오히려 더 단단하다는 걸 느낀다.

오늘 펼친 책은 『소소하게, 독서중독』이었다.

유명한 사람도, 이름난 작가도 아닌 평범한 직장인이 쓴 독서 이야기. 그래서 더 마음이 갔다. 나와 비슷한 일상을 살아온 사람이, 어떻게 책과 관계를 맺어 왔는지가 궁금했다.

저자는 자신이 누구인지, 무엇을 할 때 기쁜지, 왜 사는지, 어떻게 살아야 하는지에 대한 답을, 책을 통해 조금씩 알게 되었다고 했다.

그 문장을 읽으며 한참을 멈추고 고개를 끄덕였다.

나 또한 그 길을 걷고 있었기 때문이다.

책은 거울과 닮았다.

읽는 동안 우리는 저자의 이야기를 따라가지만, 결국 마주하게 되는 것은 나의 얼굴이다. 책 속 문장에 밑줄을 긋는 순간은, 사실 내 마음 어딘가가 조용히 반응한 순간이다. 그래서 독서는 정보를 쌓는 일이 아니라, 나를 알아가는 과정이다.

한 권, 또 한 권 읽다 보면 내가 변하고, 끝내는 내가 책이 되고 만다. 세상이 달라진 것은 아닌데, 세상을 바라보는 내 눈이 달라진다. 쉽게 화내지 않게 되고, 성급하게 판단하지 않게 된다. 무엇보다 혼자 있는 시간이 불안하지 않다. 책이 있는 시간은 공백이 아니라 충만이다.

주위를 둘러보면 책을 가까이하는 사람은 많지 않다.

밖에서는 스마트폰 화면을 들여다보고, 집에서는 TV로 하루를 마무리한다. 나 또한 그랬다. 그것이 나쁘다고 말할 수는 없지만, 그렇게 흘려보내는 시간이 아깝게 느껴지는 건 사실이다. 독서를 시작한 뒤로는 더욱 그렇다.

책은 시간을 붙잡아 준다. 아무렇게나 흘려보내지 못하게 하고, 하루를 생각으로 채우게 만든다. 걷고, 읽고, 쓰고, 생각하다 보면 하루가 금세 지나가 버린다. 어제의 지루했던 날들이 오히려 짧게 느껴진다. 그 차이를 만드는 것이 바로 책이었다.

비가 그치고 밤은 깊어 가는데, 창밖이 어둑하다.

컴컴한 숲에서 불어오는 바람 소리 사이로 소쩍새 울음이 섞여온다. 그 울음에 묻혀 책장을 넘기고 있노라면, 이 시간이 참 낭만이라는 생각이 든다. 누군가와 말을 나누지 않아도 외롭지 않고, 마음은 가득함으로 차오른다.

독서는 나만의 친구다. 아무도 모르게 나를 지탱해 주는 영혼의 벗, '소울메이트'다. 고독할 때는 함께 있어 주고, 마음이 복잡할 때는 말없이 곁을 지켜준다. 혼자의 세계를 닫아 두는 대신, 더 넓은 세계로 이어 준다.

우리의 세대는 결코 인생을 마무리할 시간이 아니라는 생각이 든다.

오히려 이제야 나를 위한 속도로 살아갈 수 있는 시기가 아닐까. 그 길에 책이 함께한다면, 삶은 훨씬 깊어질 것이다. 조용하지만 단단하게, 느리지만 흔들리지 않게.

독서는 인생 2막에 찾아온 가장 좋은 친구다. 크게 드러나지 않지만, 끝까지 함께 걸어줄 동반자다.

오늘도 나는 책을 펼친다.

이순(耳順)에 만난 이 조용한 벗과, 남은 시간을 천천히 걸어가기 위해서다.

시간을 내려놓고
단순함을 선택하다

　헤르만 헤세는 「밤의 사색」에서 인간 정신이 발명한 것 가운데 하나가 '시간'이라고 말한다. 시간은 본래 끝없이 흐르는 자연의 일부인데, 우리는 그것을 잘게 쪼개고 이름을 붙여 삶을 재단한다. 위대한 작가의 눈에는 그 과정 자체가 하나의 발명처럼 보였던 모양이다. 그는 시간이 삶을 더 고통스럽게 만들고, 세상을 복잡하게 한다고 했다. 그래서 진정으로 자유롭고 싶다면, 무엇보다도 '시간'이라는 목발부터 던져버리라고 말한다.

　이 문장을 처음 읽었을 때, 말이 아니라 체감으로 다가왔다. 우리 세대에게 시간은 늘 부족하고, 늘 쫓기는 존재였다. 자녀를 키우고, 생계를 꾸리고, 부모를 돌보며 살아오는 동안 우리는 언제나 '다음'을 향해 달려왔다. 오늘을 살면서도 내일을 걱정했고, 지금의 순간보다는 아직 오지 않은 시간을 더 많이 붙잡고 살았다. 그러다 보니 정작 오늘이라는 시간은 손에 쥐기도 전에 흘러가 버린 날이 얼마나 많았던가.

　시간은 어디에 쓰고, 어떻게 쓰느냐에 따라 족쇄가 되기도 하고,

새로운 대륙이 되기도 한다. 의미 없이 흘려보내면 시간은 고통의 근원이 되지만, 의식적으로 머무르면 삶을 넓혀주는 발견이 된다. 그래서 나는 마음을 정리하는 자리에서 '새로움'을 받아들이며 다가올 시간이 아니라, 바로 지금의 시간을 맞이해 보기로 했다.

얼마 전 태화강 국가정원 대숲을 걸었다. 소슬한 바람에 실려 오는 댓잎 향기가 긴 호흡과 함께 가슴 깊숙이 스며들었다. 스산한 대숲 사이의 흙길을 천천히 걷다 보니, 마치 새벽처럼 마음이 고요해졌다. 시끄럽게 요동치던 생각들이 잠잠해지고, 오랜만에 아무것도 재촉하지 않는 시간이 찾아왔다. '이렇게 걷는 지금, 이 순간이면 충분하다'는 생각이 들었다. 오늘 밤은 깊은 잠에 들 수 있겠다는 예감도 함께 따라왔다.

우리는 흔히 내일을 두려워하다가 오늘을 잃는다. 아직 오지도 않은 미래를 걱정하느라, 지금 주어진 시간에 마음과 관심을 넉넉히 허락하지 못한다. 헤세의 말처럼 시간이라는 목발을 잠시 내려놓고, 하늘을 올려다보며 이 순간에 좋은 생각 하나를 품는 사람이 된다면 삶은 조금 가벼워질지도 모른다. 아름다운 오늘을 마음껏 누리며 기쁜 마음으로 살아가는 것, 그것이야말로 우리 나이에 더욱 필요한 연습이 아닐까.

'오늘 하루'라는 시간은 늘 그렇듯 훌쩍 지나간다. 그리고 시간이 지난 뒤에야 우리는 묻게 된다. 무엇 때문에, 왜 그렇게 살아왔는지. 그 질문에 대한 대답은 결국 '어떤 시간을 보냈는가'가 말해준다.

최근에 프랑스 작가 샤를 와그너의 『단순한 삶』을 읽었다. 100여 년 전에 쓰인 책이지만, 그 속의 문장들은 지금 우리의 삶과 크게 다르지 않다. 자잘한 걱정에서 벗어나 가볍게 살고 싶어 선택한 책이었는데, 예상과는 조금 다른 방향에서 삶의 태도를 돌아보게 했다.

책에는 이런 문장이 나온다. "좋은 램프란 무엇인가? 귀금속으로 화려하게 세공해 한껏 치장한 램프가 아니다. 빛을 잘 밝혀야 좋은 램프다." 램프의 임무는 단순하다. 스스로를 드러내는 것이 아니라, 주위를 환하게 비추는 것이다. 그러나 우리는 종종 본질보다 겉모습에 더 많은 에너지를 쏟는다. 필요 이상의 치장과 비교 속에서 스스로를 지치게 만든다.

사실 인생은 그리 복잡하지 않은데, 우리는 남의 눈을 의식하며 삶을 어렵게 만든다. 단순하면 되는데도, 굳이 이것저것을 끌어안고 무거워진다. 별것도 아닌 일에 마음을 소진하고, 감당할 수 없는 고민을 끌어안고 밤을 지새운다. 봄이 가면 여름이 오고, 여름이 지나면 가을이 오는 것처럼, 순리를 거부하지 않고 받아들이기만 해도 삶은 훨씬 단순해질 텐데 말이다.

와그너는 작은 일들에 성심을 다하는 태도가 결국 대단한 일을 이루는 토대가 된다고 말한다. 그러나 우리는 흔히 '큰일'에만 매달린다. 사소한 하루의 질서를 가볍게 여기다 보니, 정작 삶의 균형을 잃고 뒤늦게 낭패를 보기도 한다. 하루를 어떻게 보내는지, 지금,

이 시간을 어떤 마음으로 살아내는지가 인생 전체를 좌우한다는 사실을 우리는 너무 늦게 깨닫곤 한다.

책 속에서 말하는 단순함은 포기가 아니라 선택이다. 덜어내되, 중요한 것은 놓치지 않는 삶. 겉을 줄이고 속을 채우는 태도. 그것이야말로 우리 세대가 이제 배워야 할 지혜가 아닐까 한다.

유월의 첫날, 봄을 떠나보내고 열정의 계절인 여름을 맞는다. 뜨거운 햇살 아래 숲은 더 짙푸르게 무성해질 것이다. 그처럼 나 또한 남은 시간 앞에서 조급해하기보다, 지금의 하루에 열정을 다하고 싶다. 복잡함을 덜어내고 단순함 속에서 충만함을 발견하는 삶. 시간에 끌려가지 않고, 시간과 나란히 걷는 삶.

오늘이라는 이 하루를 온전히 살아내는 것, 그것이면 충분하다. 그렇게 보낸 시간들이 모여 결국 '왜, 어떻게 살았는가'에 대한 가장 정직한 답이 되어줄 것이다.

깨어 있음이라는 연습

　아침에 눈을 뜨면 나는 습관처럼 유튜브를 켠다. 화면을 보려는 것은 아니다.

　간밤에 굳어 있던 몸을 풀며 강연을 듣는다. 주로 독서나 인문학 강연이다. 몸을 깨우는 동시에 생각까지 함께 열어젖히는 이 시간은, 퇴직 후 내가 만들어 낸 가장 사적인 아침 의식이다. 하루를 허투루 시작하지 않기 위한 최소한의 장치이기도 하다.

　그날 아침에 들은 내용은 고민숙 인문학자의 강연이었다.

　"고전만 읽어도 인생은 180도 바뀔 수 있습니다."

　강연을 들으며 문득 이런 질문이 떠올랐다. 통찰력은 과연 어떻게 길러지는 것일까. 아마도 답은 멀리 있지 않을 것이다. 마음을 흔든 문장을 골라 천천히 필사하고, 그 문장을 품은 채 걸으며 시색하는 일.

　요즘 내가 반복해서 읽는 책은 헨리 데이비드 소로의 『월든』과 정여울 작가의 『다시 만난 월든』이다. 그중 한 문장을 붙잡고 나만의 생각을 덧붙여 보기로 했다. 잘해 낼 수 있을지는 모르겠다. 하지만 매일 쓰다 보면, 분명 조금씩은 달라질 것이라 믿는다. 나이 들수록 우리는 더 깊이, 더 또렷하게 깨어 있어야 하니까.

정여울 작가는 말한다.

"『월든』의 가장 커다란 주제는 '깨어 있음'이다. 어떻게 하면 진정으로 온 힘을 다해 깨어 있을 수 있을까. 무언가에 정신을 빼앗긴 모든 상태는 진정한 깨어 있음이 아니다."

이 문장을 읽으며 나는 자신에게 물었다. 지금의 나는 정말로 깨어 있는가. 긴 밤을 지나 눈을 떴다고 해서 모두가 깨어 있는 것은 아니다. 충분한 숙면 뒤에 찾아오는 맑음, 선명함, 그리고 내가 이 하루를 살아갈 주체라는 분명한 감각이 있어야 비로소 하루가 시작된다. 삶도 마찬가지다. 깨어 있음이란 세상을 또렷이 바라보고, 지금, 이 순간 내가 어디를 향해 가야 하는지를 알아차리는 일이다. 매일 반복되는 일상 속에서도 나만의 의미와 가치를 발견하는 능력이다.

퇴직 후 내가 가장 먼저 세운 다짐은 단순했다.

"하루를 아무렇게나 살지 말자. 쏜살같이 지나가는 시간을 헛되이 보내지 말자."

돌이켜보면 젊은 시절의 나는 '깨어 있음'이 무엇인지 생각해 볼 여유조차 없었다. 나는 내가 아니라, 조직의 한 부품으로 살아왔다. 더 빨리, 더 높이 올라가야 한다는 압박 속에서 하루하루를 견뎠다. 그 시간들은 살아 있는 듯 보였지만, 사실은 기계의 톱니바퀴처럼 돌아가던 시간이었다. 직장을 떠나 자유를 얻었을 때조차, 나는 한동안 그 관성에서 쉽게 벗어나지 못했다.

요즘 사람들의 하루를 보면 더욱 그렇다. 스마트폰과 영상매체에 붙잡혀 생각도, 꿈도 없이 시간은 흘러간다. 나 역시 그 범주에서 완전히 자유롭다고 말할 수는 없다. 가끔 거리를 가득 메운 사람들을 바라보면, 모두 살아 있으되 깨어 있지 않은 '살아 있는 그림자'처럼 보일 때가 있다. 소로의 말이 떠오른다.

"백 명 중 깨어 있는 사람은 단 한 명뿐이다."

공원을 걸으며 스쳐 지나가는 풍경 속에서, 그 말이 결코 과장이 아니라는 생각을 하게 된다. 비슷한 장소에 모여 앉아 같은 이야기를 반복하며 하루를 흘려보내는 모습들. 정치 이야기로 시간을 죽이고, 불평으로 하루를 마무리하는 시간들. 나는 그런 시간을 의식적으로 피하려 애쓴다. 너무 아깝지 않은가, 우리에게 남은 시간이.

그래서 나는 나만의 원칙을 세웠다.

'걷고, 읽고, 쓰고' — 3 GO의 삶.

자연 속을 걷고, 몸을 움직이며, 책을 읽고, 글을 쓰는 것. 이것이 내가 선택한 '깨어 있음의 실천'이다. 아침에 호수공원을 걸으며 떠오르는 생각들, 축구장을 열 바퀴 뛰고 난 뒤 가슴 깊숙이 차오르는 숨, 그리고 "오늘도 작은 한 가지를 해냈다"는 소박한 성취감. 그 순간마다 나는 분명하게 느낀다. 아, 내가 지금 살아 있구나. 깨어 있구나.

젊을 때의 나는 더 많은 돈을 갖지 못한 것을 종종 한탄했다. 하지만 이제는 다르다. 책을 읽고, 저녁에는 일기를 쓰며, 일부러 혼자 있는 시간을 늘려가며 조금씩 깨어나는 법을 배우고 있다. 나는 소로처럼 숲속 오두막에서 살 수는 없다. 그러나 그의 정신만큼은 내 삶 속으로 데려올 수 있다.

자연 속에서 걷고, 몸을 단련하며, 책을 읽고, 글을 쓰는 삶. 나 자신을 잃지 않기 위해, 나를 깨어 있게 하기 위한 최소한의 삶의 태도. 나는 앞으로도, 이 세상이 끝나는 날까지 '걷고, 읽고, 쓰고'의 3 GO로 깨어 있는 날들을 만들어 갈 것이다.

완전한 하루가
완성되는 일기 쓰기

겨울로 접어드는 주말 밤, 조용한 서재에서 홀로 책을 읽는다.

라이언 홀리데이의 『스틸니스』는 제목처럼 고요하다. 무언가를 이루고 싶다면 먼저 내면을 고요하게 하라고. 바깥의 성취보다 앞서야 할 것은 안쪽의 정돈이라고 책은 말한다.

고요는 저절로 오지 않는다. 머릿속에는 늘 생각이 짖어댄다. 지나간 일에 대한 후회, 아직 오지 않은 일에 대한 걱정, 괜한 비교와 섣부른 판단이 쉼 없이 소리를 낸다. 그 잡음을 잠재우는 가장 단순하고도 확실한 방법이 '일기 쓰기'라고 작가는 말한다.

나는 그 문장을 읽으며 지난 3년을 떠올렸다. 퇴직 후 하루도 빠짐없이 써온 나의 일기들. 귀찮다는 핑계로 미루고 싶던 날도 있었지만, 그날을 넘기지 않으려 애썼다. 당일에 못 쓰면 다음 날이라도 반드시 채웠다. 그렇게 쌓인 시간이 나를 지탱해 주었다.

일기는 남에게 보여주기 위한 글이 아님을 우리는 알고 있다.

안네 프랑크가 『안네의 일기』 첫 장에 적은 문장처럼, 일기는 "너에게 모든 걸 털어놓을 수 있기를" 바라는 마음에서 시작된다. 죽음의 그림자가 드리운 다락방에서도 어린 소녀는 일기장에 자신의 두려움과 희망을 적어 내려갔다. 그에게 일기는 친구였고, 위로였고, 자신을 붙드는 힘이었다.

우리에게도 다락방은 있다. 겉으로는 평온해 보여도, 은퇴 이후의 불안, 건강에 대한 염려, 자녀와의 관계, 노후의 경제 문제 같은 생각들이 마음 한쪽에 쌓여 있다. 겉으로 드러내지 않을 뿐, 속에서는 파도가 인다. 그 파도를 가라앉히는 가장 현실적인 방법이 바로 종이 위에 써보는 일이다.

일기를 쓴다는 것은 스스로에게 질문을 던지는 일이다.

나는 지금 어디쯤 서 있는가. 피하고 있는 어려운 일은 없는가. 오늘 내가 할 수 있는 가장 작은 실천은 무엇인가. 내가 두려움을 다스리고 있는가, 아니면 두려움이 나를 끌고 가고 있는가.

이 질문들은 누가 대신해 줄 수 없다. 적어보지 않으면, 생각은 생각으로만 맴돌다 사라진다. 그러나 종이에 적는 순간, 생각은 모양을 갖는다. 모양을 갖춘 생각은 나와 거리를 두게 하고, 거리를 두면 비로소 객관성이 생긴다. 불안과 분노, 서운함도 한발 물러서서 바라볼 수 있다.

일기는 마음속 응어리를 쌓아두지 않고 흘려보내는 통로다. 머릿속에서만 맴돌던 걱정이 종이 위에 내려오면, 그 크기가 줄어든다. 막연했던 두려움이 문장으로 바뀌는 순간, 이미 절반은 정리된 셈이다.

라이언 홀리데이는 일기를 머릿속을 닦아내는 와이퍼에 비유했다. 밤새 쌓인 먼지를 털어내듯, 하루 동안 쌓인 감정을 닦아내는 일이다. 고요를 만들어 내는 시간이며 세상에서 잠시 떨어져 나와 나 자신과 마주하는 작업이라고 했다.

나의 일기는 자잘한 사유의 기록에 불과하다. 단지 그날의 마음을 적었을 뿐이다.

2021년 오늘은 추위가 오기 전에 베란다의 난초를 거실로 옮기며 생각한 내용이 적혀 있다. 2022년은 늦가을 비가 내려 한가한 놀이터 풍경을 남겼다. 2023년에는 추워지는 날씨에 계절의 순환에 대한 사유를 적었다.

일기를 쓰지 않았다면 모두 흩어졌을 순간들이다. 기록은 시간을 멈추게 한다. 멈춘 시간들은 기억이 되고, 그 기억들은 삶을 더욱 풍성하게 만든다.

50·60세대의 삶은 속도가 줄어드는 대신 깊이가 더해지는 시기다. 이제는 하루를 정리하며 자신을 점검할 수 있는 여유가 있다. 일기는 그 여유를 삶의 힘으로 바꾸는 도구다.

사람들은 말한다. "과거에 머물지 말고 현재를 살아라." 맞는 말이다. 그러나 과거를 정리하지 못한 현재는 흔들린다 일기는 어제의 실수와 오늘의 깨달음이 쌓여 내일의 방향이 된다.

일기를 쓰면 완전한 하루가 완성된다.

그날의 기쁨도, 서운함도, 깨달음도 글 속에서 자리를 찾는다. 정리되지 않은 감정은 마음을 어지럽히지만, 정리된 감정은 지혜가 된다. 일기는 단순한 기록을 적고, 사유를 실천하는 가장 현실적인 방법이 된다.

잘 쓰려고 애쓰지 않아도 된다. 문장이 매끄럽지 않아도 괜찮다. 중요한 것은 솔직함이다. 오늘 있었던 일 한 가지, 마음에 남은 생각 한 줄, 내일을 위한 작은 결심 하나면 충분하다. 형식도, 정해진 분량도 없다. 다만 종이를 펴고, 펜을 들고, 지금의 나를 적어 내려가면 된다.

퇴직 후 매일 일기를 써오며 나는 알게 되었다.

일기는 나를 고요하게 만들고, 고요해진 나는 다시 나를 바로 세운다는 것을. 바깥이 시끄러울수록, 내면은 더 고요해야 한다. 그 고요를 만드는 시간이 바로 일기 쓰기다.

언젠가 매일 쓴 일기를 모아 한 권의 책으로 묶을 생각이다. 그러나 설령 책이 되지 않더라도 상관없다. 이미 내 삶을 지켜준 사유의 기록이기 때문이다. 나의 작은 역사는 오늘도 일기장 속에 차곡차곡 쌓여간다.

50·60세대의 우리에게 지금 필요한 것은 큰 계획이 아니라, 하루를 온전히 마무리하는 힘이다. 일기는 하루를 완전하게 만드는 마지막 한 줄이다.

오늘 밤, 잠들기 전 일기를 써보길 바란다. "나는 지금 어디에 서 있는가?"라는 한 문장으로 시작해도 좋다. 그 한 줄이 쌓여, 당신의 내면을 단단하게 하고 흔들리지 않는 고요를 선물할지도 모를 일이다.

제4부
떠나는 가족과
머무르는 나

겨울은 죽음을 닮은 계절이다. 성장은 멈추고,
그 자리에 추스름과 정리가 들어선다.
떨어지는 잎들은 각자의 순서에 따라 제 갈 길을 간다.
인간의 삶 또한 다르지 않다. 떠남은 끝이 아니라,
자연의 순환 속에 놓인 삶의 한 과정일 뿐이다.

불효보다 아픈 것

설이 지난 뒤 며칠 만에 아내와 함께 고향을 찾았다. 성묘와 어머니를 뵙기 위해서였다. 본가에 들기 전, 먼저 아버지 산소에 절을 올렸다. 마침 기일이 가까워서인지, 오래된 기억들이 자연스레 떠올랐다.

설을 쇠고 얼마 지나지 않아 갑작스럽게 쓰러지셨고, 병원에 머무신 시간은 길지 않았다. 절을 올리며, 남아 계신 어머니를 평안히 지켜 달라고 마음속으로 빌었다. 이 세상 사람이 아닌 분에게 무슨 힘이 있겠느냐만, 자식으로서 할 수 있는 말은 그것뿐이었다.

어머니는 이제 구순을 바라보고 계신다. 겉으로는 여전히 단정하고 기운이 있어 보이지만, 노인의 몸은 늘 예측할 수 없다. 고향 집 마당에 들어서자, 어머니는 창고에서 마른 나물을 손질하시다 말고 급히 나오셨다. 자식과 며느리를 꼭 끌어안는 그 품은 여전히 따뜻했다.

손주까지 본 자식들임에도, 어머니의 마음속에는 여전히 '품속의 아이들'로 보이시는 듯했다.

효란 무엇일까. 부모를 떠올릴 때 마음이 편치 않은 이유는, 이 질문을 피해 갈 수 없기 때문일 것이다. 『논어』에는 부모를 섬길 때와 보내드린 뒤의 도리를 말하지만, 현실의 효는 풀기가 어려운 숙제처럼 보인다.

나이가 들수록 효는 봉양이나 희생이 아니라, 부모의 마음을 편안하게 해드리는 일에 더 가깝다는 생각이 든다. 자식들이 각자의 자리에서 무탈하게 살아가는 것, 그것이 부모에게는 가장 큰 위안일지 모른다.

그렇다면 나는 과연 부모의 마음을 얼마나 편안하게 해드렸을까. 부모를 떠올릴 때 안도감보다 미안함이 먼저 든다면, 그 이유는 분명하다. 큰 걱정을 끼치지는 않았을지 몰라도, 바쁘다는 이유로 미뤄둔 전화 한 통, 안부를 묻지 않은 시간이 쌓여 있다.

그것은 드러나는 불효보다 더한 도리가 무너진 무관심이었다.

부모에 대한 무관심은 불효보다 더 아프다는 생각이 든다. 몸은 어떠신지, 식사는 잘하시는지, 하루가 어떻게 지나가는지 묻지 않는 사이 부모는 말없이 늙어간다.

어머니는 원래 말수가 적은 분이다. 그 조용함에는 긴 세월의 인내가 배어 있다. 자신의 몫을 늘 자식 쪽으로 밀어놓고, 불편함은 뒤로 미루는 삶을 사셨다. "자기 몫을 조용히 자식에게 내어주는 사람"이라는 박완서의 말은 내 어머니와 세상의 어머니들이 그렇게 살아오셨음을 말해주는 것이 아닐까.

지금 어머니는 고향에서 동생 가족과 함께 지내신다. 허리와 무릎이 아파 수술을 받으셨다. 귀가 어두워져 보청기를 하셨지만, 여전히 자식들 걱정이 먼저다. 구순에도 텃밭을 일구며 자식들에게 줄 푸성귀 하나라도 챙기신다.

고향을 다녀올 때마다 발걸음이 무거워진다. 잘해드렸다는 생각보다, 무관심이 먼저 떠오르기 때문이다. 돌아오는 길, 트렁크에는 어머니가 챙겨주신 쌀과 과일, 참기름이 가득 실려 있었다. 집에 도착해 전화를 드리니, 어머니는 "건강하니 이렇게라도 챙겨줄 수 있어 좋다"고 하셨다.

그 말 앞에서 자식이 할 수 있는 말은 많지 않다.

다만 오래 곁에 계셔 달라는 마음, 이제는 자식보다 자신을 먼저 생각해 달라는 마음을 조심스레 전할 뿐이다.

효는 큰 결심이 아니라, 무관심을 거두는 일에서 시작되는지도 모른다. 묻지 않던 안부를 묻고, 미뤄두었던 전화를 걸고, 부모의 하루를 한 번 더 떠올리는 것.

그날 이후, 나는 무심했던 마음을 조금씩 내려놓는 연습을 하고 있다.

빈방의 불이 켜진 밤

작은아들 결혼식 날이 밝았다.

태풍 힌남노의 영향으로 비가 내렸고, 나는 새벽부터 잠을 이루지 못한 채 뒤척이다가 일어났다. 결혼식은 아들이 치르는데, 아버지인 내가 왜 불면의 밤을 보내야 하는지는 여전히 알 수 없다. 다만 마음 어딘가에서 오래 준비해 온 떠남이 조용히 몸을 깨우고 있었던 것만은 분명하다.

예식은 정오였지만 하루는 이른 아침부터 시작됐다.

신부 화장, 혼주 화장을 위해 미용실로 향했고, 화장을 마친 뒤 식전 가족사진을 찍었다. 코로나와 태풍 소식 탓에 하객이 적을 줄 알았는데, 예상보다 많은 얼굴들이 자리를 채웠다. 그만큼 이 아이가 살아온 시간이 헛되지 않았다는 증거 같아 마음이 놓였다.

예식이 시작되자 신랑은 미니카를 타고 검은 선글라스를 낀 채 깜짝 등장했다.

순간 예식장은 웃음과 환호로 들썩였다. 저렇게 웃으며 들어오던 아이가 있었던가. 언제 이렇게 어른이 되었을까, 박수 속에서 괜히 목이 메었다.

성혼 선언문을 읽을 차례가 되었다.

그런데 원고의 신랑·신부 이름란에 엉뚱한 이름이 적혀 있었다. 순간 머리가 하얘졌지만, 애써 표정을 가다듬고 선언문을 낭독했다. 예식장 측의 무성의가 못내 마음에 걸렸으나, 좋은 날에 흠을 키우고 싶지는 않았다. 실수는 사람의 일이지만, 이런 자리는 유독 세세함이 필요한 법이다.

이어 아들, 며느리에게 덕담을 전했다. 여러 번 연습했지만, 말은 마음만큼 부드럽게 나오지 않았다. 대신 아내에게 "아들 잘 키워줘서 고맙다"고 말하며, 원고에도 없던 말을 덧붙였다.

"사랑합니다."

예식장은 다시 한번 박수와 웃음으로 가득 찼다. 지금 떠올리면 쑥스럽고 팔불출 같지만, 그날만큼은 꼭 해야 할 말이었다.

모든 순서가 끝나고, 아들과 며느리는 수많은 축복 속에 새로운 길로 걸어 나갔다.

그 뒷모습을 보며 기도했다. 저 아이들이 가는 길이 흔들리지 않기를, 각자의 삶을 기쁘게 견뎌내기를.

예식이 끝난 뒤의 시간은 빠르게 식었다.

형제들과 잠시 담소를 나누고 집으로 돌아오니, 떠들썩했던 하루가 거짓말처럼 사라지고 우리 부부 둘만 남았다. 집은 그대로였는데, 공간의 공기가 달라져 있었다.

며느리를 얻었으니 기뻐해야 할 텐데, 마음은 소리 없이 비어 있었다.

수십억이 사는 지구 위에 또 하나의 가정이 태어났건만, 우리는 무언가를 잃은 사람처럼 허전했다. 태풍을 몰고 온 바람이 창을 흔들고, 전등은 미세하게 떨렸다. 그 흔들림이 꼭 내 마음 같았다.

잔칫날에 그냥 넘어갈 수 없어 처제 부부를 불렀다. 집 근처에서 소주 한 잔을 마시며 오늘 하루를 되새겼다.

집으로 돌아와 잠자리에 들려다 문득 생각이 났다. 아들이 가게 일을 마치고 돌아올 시간이었기 때문이다. 무심코 아들 방으로 걸어가 전등 스위치를 눌렀다. 불이 켜진 순간, 가슴이 철렁 내려앉았다.

"아, 이제 오지 않는구나."

결혼식장에서 떠나보낸 줄 알았던 아들은, 사실 이 방에서 떠나고 있었다.

이 불빛 아래에서, 이 고요한 적막 속에서. 그제야 인생에서 또 하나의 역할이 끝났다는 사실이 몸으로 와 닿았다.

두 아들은 뻐꾸기가 빈 둥지만 남기고 날아가듯 차례차례 떠났다.

이제 우리 부부는 텅 빈 듯한 공간에 남았다. 밤 기차는 이미 떠나가고, 우리는 컴컴한 간이역에 서 있는 기분이었다. 돌아갈 집은 분명한데, 다시 익혀야 할 삶의 방향은 아직 낯설었다.

그때 낮의 예식장에서 외쳤던 말이 떠올랐다.

아내에게 건넨 "사랑한다"는 말. 아마도 그것은 아들을 위함보다는 이제 다시 둘만이 살아가야 할 시간을 향한 약속이었을 것이다.

그래, 이제는 우리 차례다.

아들은 아들의 세상으로 갔고, 우리는 우리만의 밤 기차를 타야한다. 너를 위하고, 나 자신을 존중하며, 외롭지 않도록 기쁘게 살아야 한다. 10대 아이들만 홀로 서는 것이 아니다. 나이 든 우리도 다시 아이가 되어, 또 한 번의 홀로서기를 배워야 한다.

떠남과 만남은 삶이 우리에게 요구하는 아쉬움이자 축복일 것이다.

타인에서 부부가 된 아들과 며느리, 자식을 떠나보낸 우리 부부. 각자의 자리에서 다른 방향으로 걸어가지만, 그 모든 길 위에서 삶은 더 깊어지고 있다.

빈방의 불을 끄며 생각한다.

오늘을 기록하지 않았다면, 나는 이 마음을 그냥 지나쳤을 것이다.

일기는 이렇게, 퇴직 이후의 하루를 조금씩 다른 방향으로 데려간다.

아무도 없는 방에서 켜진 불 하나가, 새로운 삶의 출발 신호가 되는 밤처럼.

손주가 주는 삶의 위안

　태풍이 지나간 다음 날 아침, 공기는 눈에 띄게 달라져 있었다. 밤새 휩쓸고 간 바람 덕분인지 숨을 들이마시는 것만으로도 몸이 한결 가벼워졌다. 끈적이던 더위는 한발 물러서고, 바람 끝에는 가을의 문턱 같은 기운이 섞여 있었다. 무더위에 휴가철이 겹치고, 여기에 태풍까지 지나가며 가게는 한동안 한산했다. 오늘만큼은 손님이 조금이라도 많아지기를 바라며 가게로 향했다.

　지난 6월, 아들이 호수공원 근처에 작은 돈가스 가게를 열었다. 개업 초기에는 손님이 몰려들어 정신을 차릴 틈이 없었다. 주문이 밀리고 기다리는 손님들의 표정을 살피느라 하루가 어떻게 가는지도 몰랐다. 하지만 그런 분주함도 오래가지는 않았다. 시간이 흐르자, 개업 특수는 자연스럽게 사그라들었고, 가게는 제 속도를 찾아가고 있었다. 장사는 늘 그렇다. 잘될 때도, 한산할 때도 가게는 같은 자리에 있는데 사람 마음만 들쑥날쑥해진다.

　태풍을 대비해 홀 안으로 들여놓았던 화분들을 다시 제자리로 옮기고, 바깥 테라스를 쓸었다. 물기를 머금은 바닥을 닦으며 오늘 하루를 차분히 준비했다. 개장까지 삼십 분쯤 남았을 무렵, 가게 앞에 할머니 한 분이 서 계셨다.

밖에서 기다리시려는 걸 보고 안으로 들어오시라고 했다. 할머니는 이 집은 늘 줄을 서야 한다며, 오늘은 약속이 있어 일찍 왔다고 하셨다.

개장 시간이 되자 손님들이 하나둘 들어왔다. 주문을 받다 보니 할머니 차례가 조금 뒤로 밀린 듯했다. 직원에게 "제일 먼저 오신 분인데 순서가 바뀐 것 아니냐"고 말하자, 할머니는 괜찮다며 손을 내저었다. 한 사람만 더 오면 주문하겠다고 했다.

잠시 뒤 문이 열리며 중학생으로 보이는 소녀가 "할머니" 하고 불렀다. 그 순간 할머니의 얼굴이 환하게 밝아졌다. 주름진 얼굴 위로 순식간에 웃음이 번졌고, 눈가에는 반가움이 고였다. "아이구, 그래." 그 한마디에 담긴 기쁨이 가게 안 공기까지 바꾸는 듯했다. 그제야 알았다. 할머니가 기다린 이는 친구도 지인도 아닌, 손녀였다는 것을.

할머니는 손녀가 불편할까 봐 일부러 일찍 와 자리를 잡았다고 했다. 혹시라도 줄을 서게 되면 아이가 힘들까 봐서란다. 손주는 그렇게 노년의 삶을 조심스럽게 만드는 존재다. 손주 앞에서는 누구나 말수가 줄고, 표정이 부드러워진다.

그 모습을 바라보며 문득 손주란 무엇일까를 생각했다. 손주는 저녁 같은 행복이다. 하루를 다 살고 난 뒤 찾아오는 따뜻한 위안이다. 또 어떤 날에는 아침 해처럼 마음을 밝히는 기쁨이기도 하다. 그 장면을 보고 있으니 자연스레 어린 시절의 우리 할머니가 떠올랐다.

우리 할머니는 자신의 삶을 길게 이야기하지 않으셨다. 다만 어른들의 뜻에 따라 신랑 얼굴도 모른 채 혼인하셨고, 병약한 남편과 신혼다운 시간도 없이 사별하셨다는 이야기를 들은 적이 있다. 이후 평생 홀로 지내시며 조카를 양자로 삼아 키우셨고, 며느리를 보고 손주들을 품에 안았다. 그 손주들이 바로 우리였다.

할머니는 늘 아이들로 북적이는 집을 꿈꾸셨다. 집 안 가득 웃음소리가 울리는 것이 평생의 소원이라고 하셨다. 당신은 외로웠을지 모르지만, 손주들 앞에서는 늘 웃으셨다. 어쩌면 그 소원은 우리를 통해, 다시 우리 자식과 손주들을 통해 이어지고 있는지도 모른다.

이제 나 또한 손녀를 안아 드는 나이가 되었다. 그제야 알겠다. 할머니가 왜 그렇게 손주를 바라보셨는지, 왜 그 작은 손 하나에 마음을 다 내주셨는지를. 언젠가 단발머리 여학생이 되어 "할아버지" 하면서 달려올 손녀 가윤이의 모습을 그려본다. 세월이 흘러도 손주는 늘 설렘이고, 하루를 살아내게 하는 이유다.

가게 한쪽에서 할머니와 손녀는 돈가스를 나누어 먹으며 웃고 있었다. 말없이 바라보는 그 풍경이 어찌나 다정해 보이던지 괜히 마음이 따뜻해졌다. 아마 사는 곳이 멀어 자주 보지 못하는 사이일 것이다. 그래서 더 애틋하고, 그래서 더 귀한 시간일 것이다. 흔히 손주 사랑은 짝사랑이라고들 하지만, 그 짝사랑 덕분에 노년의 마음은 덜 외롭다.

손녀를 바라보며 미소 짓는 그 순간, 할머니의 마음은 따스한 봄날 아지랑이가 피어오르듯 포근하고 감미로울 것이다. 오래 함께하지 못하는 사이일수록, 함께하는 순간은 더욱 아련하게 가슴에 남는 법이다. 식사를 마친 할머니는 갈대가 바람에 흔들리듯 손을 흔들며 손녀를 떠나보냈다. 그 눈빛에서 오래전 우리 할머니의 모습이 겹쳐 보였다.

나이 들어 손주를 사랑하는 일은, 삶이 조용히 건네는 또 하나의 위안이다.

더 큰 것을 바라지 않아도 오늘을 견디게 하고, 지나온 세월을 덜 쓸쓸하게 만든다. 그렇게 손주는 노년의 삶에 남겨진 가장 따뜻한 불빛이 된다. 하루하루를 감사하게 만드는 이유가 된다.

곁에 있을 때,
우리는 무엇을 해야 할까

　오전에 아내의 건강검진을 위해 함께 병원으로 향했다. 문진표를 작성하고 혈압, 혈액, 소변 검사 등 익숙한 절차를 차례로 거쳤다. 해마다 반복하는 검사이지만, 나이가 들수록 건강은 단순한 '관리 대상'이 아니라 삶의 바탕이자 전부에 가깝다는 생각이 든다. 우리 부부도 건강을 잃으면 모든 걸 잃는다는 말이 자주 실감 나는 나이가 되었다.

　아내가 검진 때문에 아침을 굶어 배가 고프다고 했다. 무엇을 먹을지를 생각하는데, 아내가 요양원에 계신 장모님을 모시고 함께 식사하면 어떻겠냐고 했다. 미처 떠올리지 못한 생각이었다. 처남댁에게 부탁해 급히 면회를 신청했다. 효도를 말로는 쉽게 외치면서도, 이렇게 무심히 흘려보내는 것이 사위 된 도리인가 싶어 마음 한편이 씁쓸해졌다.

　건강하시던 장모님은 지난가을, 새벽 목욕탕에서 갑작스러운 다리 마비를 겪으셨다. 몇 곳의 병원을 전전했고 장기 입원도 했지만, 몸은 예전으로 돌아오지 않았다. 병원이 너무 싫다 하셔서 집으로 모시고 가족들이 돌아가며 보살폈다. 그러나 그때부터 장모님의 건강은 내리막길을 걷기 시작했다. 나이 든 분들의 건강은 한순간에 무너질 수 있고, 그 이후의 삶은 전혀 다른 국면으로 접어든다는 사실을 그때 알았다.

가족들은 점점 지쳐갔다. 도우미의 도움을 받았지만, 밤마다 이어지는 보살핌에는 분명한 한계가 있었다. 결국 처가 형제들의 의논 끝에, 지난 연말 어쩔 수 없이 요양원에 모시게 되었다. 장모님은 치매 기운이 있어 정신이 또렷하다가도 엉뚱한 말씀을 한 번씩 하신다. 그럴 때마다 마음은 더 무거워진다.

사무실에서 면회 등록을 하고 아내와 함께 기다렸다. 엘리베이터 문이 열리고 휠체어를 탄 장모님이 나오셨다. 겉모습은 밝고 건강해 보여, 잔뜩 긴장했던 마음이 조금은 풀렸다. "엄마" 아내가 부르는 목소리는 잠겨 있었다. 여윈 장모님의 손을 잡고 말없이 인사를 드렸다. 아내가 웃으며 "누군지 아세요?" 하고 묻자, "최 서방 아니야?" 하시며 반가워하신다. 그 한마디에 가슴이 철렁 내려앉으면서도, 아직 기억 속에 남아 있음에 안도했다.

외출이 허용되어 휠체어를 차량 트렁크에 싣고, 장모님은 뒷좌석에 모셨다. 차에 타자마자 이곳은 감옥 같다며 집에 가고 싶다고 하셨고, 내일이 추석인데 왜 데리고 가지 않느냐는 엉뚱한 말씀도 하셨다. 기억이 오락가락하는 모습이 치매라는 이름으로 분명히 다가왔다.

마침 요양원 근처가 형님 가게라 그곳으로 모셨다. 장모님은 곰탕 한 그릇을 말끔히 비우시며 참 맛있다고 하셨다. 형수를 보시더니 이런 모습으로 사돈댁을 만나 부끄럽다고 하신다. 아직도 옛날 사돈 간의 예와 체면이 마음에 남아 있는 모양이다. 그 말이 더 마음을 아프게 했다.

식사를 마치고 마땅히 모실 곳이 없어 근처 카페로 향했다. 완전히 서 있을 수 없어 차에서 내려 휠체어에 앉히기까지 온 신경을 곤두세워 안아 모셔야 했다. 그 순간 문득, 누구의 도움 없이도 어디든 갈 수 있고 마음대로 움직일 수 있는 지금의 몸이 얼마나 큰 복인지 새삼 느껴졌다. 우리는 대개 무언가를 잃고 나서야 그 소중함을 깨닫고, 그제야 아쉬워한다.

카페 소파에 딸의 무릎을 베고 누운 장모님은 "내가 이렇게 될 줄은 몰랐다"고 말씀하셨다. 건강하던 시절을 더듬어 떠올리시는 듯했다. 빨리 회복하셔서 자식들 있는 집으로 가자고 말씀은 드렸지만, 그 말이 어디까지 진심인지 나 스스로도 확신할 수 없었다. 장모님의 세월을 시간은 여기까지 데려왔고, 우리의 세월 역시 조용히 흐르고 있다. 누구도 그 흐름을 피해 갈 수 없는 것이 삶일 것이다.

그 순간 문득, 예전에 보았던 영상 속 세 단어가 떠올랐다. '메멘토 모리, 카르페 디엠, 아모르 파티.' 죽음을 기억하라, 현실을 즐겨라, 운명을 사랑하라. 이 세 문장 속에 삶의 본질이 모두 담겨 있는 것은 아닐까. 그러나 우리는 바쁘다는 이유로, 혹은 아직은 괜찮다는 착각 속에서 이 말들을 쉽게 잊고 살아간다.

또 한편으로는 벤저민 하디의 『퓨처 셀프』에 나온 문장이 떠올랐다. 인생은 정원과 같아서 관리하지 않으면 잡초가 무성해진다는 말. 그리고 미래의 나를 실현하는 유일한 방법은, 지금 미래의 내가 되는 것이라는 문장. 요양원 면회실에서, 그리고 카페 한쪽에서 그 말들이 낯설지 않게 가슴에 와닿았다. 건강도 관계도 삶의 태도도, 결국은 미루지 않고 지금 돌보지 않으면 어느새 감당하기 어려운 모습으로 변해버린다는 사실을 말해주는 듯하다.

두 시간 남짓 카페에서 딸과 이야기를 나누는 동안, 장모님은 때로 엉뚱한 말씀을 하셨지만 비교적 옛 기억은 또렷하셨다. 집에 가고 싶다는 말씀에 아내는 집을 수리 중이라 오늘은 안 된다고 둘러댔다. 그 말을 듣는 순간, 바위가 가슴을 짓누르는 듯 무거웠다.

입소 시간이 다가와 다시 요양원으로 모셔다드렸다. "또 올게요." 손을 흔들며 돌아서는데, 마음 한구석이 겨울 벌판처럼 서늘했다. 자식은 늘 죄인이라는 말이 떠올랐다. 지금 눈앞의 장모님, 고향에 계신 어머니, 그리고 언젠가의 우리 자신까지. 곁에 계실 때, 움직일 수 있을 때, 말이 통할 때, 그 죄를 조금이나마 씻기 위해 마음과 시간을 아끼지 말아야겠다고 다짐하는 하루였다.

자식 인생에서
한발 물러나는 연습

　자식이 편안해야 부모가 편안하다는 말, 자식의 행복이 최고의 효도라는 말이 요즘처럼 실감 나는 때도 드물다. 장사가 뜻대로 풀리지 않아 힘겨워하는 아들의 얼굴이 떠오르면, 우리 부부의 하루도 편치 않다. 애쓴다고 당장 해줄 수 있는 뾰족한 수가 있는 것도 아닌데, 부모라는 이름은 늘 마음을 먼저 내어준다. 자식에게서 완전히 자유로워질 수 없는 존재가 부모인가 보다.

　아들이 돈가스 가게 2호점을 냈다. 1호점을 안정적으로 운영해왔기에 도전은 자연스러워 보였다. 그동안 모아 둔 자금을 쏟아붓고, 부족한 부분은 대출로 메웠다. 시작은 늘 설렘과 기대를 동반하시반, 현실은 늘 얼음처럼 차갑다. 요즘은 여유 자금이 없는 모양이다. 부모의 마음은 아들의 표정과 한숨에 먼저 반응한다.

　2호점은 아직 덜 알려진 탓이 크다. 무더위가 길어지며 국가정원 방문객 자체가 줄어든 것도 한몫한다. 가을이 오면 국화 축제를 비롯해 여러 행사가 열릴 테니 그때는 활기가 돌아오지 않을까. 기대감과 동시에 온라인 홍보가 필요하겠다는 생각도 든다. 요즘은 맛만으로는 부족한 시대이니, 알려짐이 곧 생존이 된다.

공원에 입점한 1호점은 사정이 또 다르다. 줄을 잇던 손님들이 유월을 기점으로 뜸해졌다. 맛도 분위기도 변한 게 없고, 주변에서 아들의 가게가 이미 꽤 알려져 있다는 사실도 안다. 그래서 더 냉정해진다. 단기적인 경기 탓인지, 구조적인 문제인지, 시간을 두고 근본을 살펴야 할 때다. 마음은 조급해도 판단은 차분해야 한다는 걸, 부모가 더 잘 알면서도 쉽지 않다.

그러나 냉정하게 생각해 보았다. 쉽지는 않겠지만, 자식 인생과 부모 인생에 선을 긋고 내가 하고 싶은 일에 몰입하고 싶다. 자식 일은 자식에게 맡기고, 걱정과 시간까지 내어주지는 말자고 마음먹어 본다. 말은 쉬운데, 실천은 늘 더디다. 부모의 마음이란 그런 것인지도 모른다.

요즘 눈길이 가는 것은 시니어들의 활동이다. 지역대학 후반기 모집 안내를 보며 시니어 모델반에 등록해 볼까를 고민 중이다. 모델이라 하면 키 크고 잘생긴 사람만의 영역이라 여겼는데, 누구나 도전할 수 있다고 한다. 77세에 모델계에 입문해 활발히 활동 중이라는 한 여성 시니어의 기사를 읽었다. 평범함을 특별함으로 바꾸려면 마음 하나 굳게 다지면 된다고 한다.

후반기의 삶은 도전이라는 면에서 보면 '줄이는 시간'이 아니라 '채우는 시간'이라는 생각이 든다. 아이들 키우느라, 먹고 사느라 미뤄두었던 호기심을 다시 꺼내 볼 때다. 새로운 취미, 새로운 무대, 새로운 관계는 삶에 생기를 불어넣는다. 무엇보다 스스로를 다시 바라보게 한다. 거울 속의 내가 아직도 무언가를 시작할 수 있다는 사실은 큰 위안이 된다.

칙센트미하이의 『몰입의 즐거움』에서 "몰입은, 버겁지 않은 과제를 극복하는데 자신의 실력을 온통 쏟아부을 때 나타나는 현상이다."라고 했다. 몰입의 즐거움은 버겁지 않은 도전이라는 뜻일지도 모른다. 하루를 충만하게 채우고, 기쁘게 잠자리에 들 수 있다면 그날은 성공한 날이다. 걱정으로 가득 찬 밤보다, 배움과 도전으로 채운 낮이 훨씬 건강하다.

"자식은 그들의 인생을 산다. 우리는 우리의 인생을 산다."라는 말을 되새겨 본다. 그런데 수화기 너머로 들려오는 아들의 목소리에 마음이 흔들리는 건 어쩔 수 없다. 각을 세운다는 건 단절이 아니라, 서로를 믿는 거리 두기일 것이다. 실패도 성공도 자식의 몫으로 돌려주되, 뒤에서 조용히 응원하는 자리로 물러나는 것이다.

우리 세대는 지금 경계 위에 서 있다. 부모의 역할과 자신으로서의 삶 사이에서 균형을 배운다. 완벽하게 나뉘지는 않겠지만, 조금씩 연습할 수는 있다. 걷고, 읽고, 쓰며 나만의 리듬을 찾고, 새로운 도전에 마음을 열어 두는 일. 그것이 후반기의 삶을 단단하게 만드는 힘일 것이다.

오늘노 마음 한쪽은 자식 걱정을 조심스레 접어 둔다. 완전히 내려놓지는 못하더라도, 잠시 자리를 옮겨 두는 연습을 해본다. 그리고 낯선 무대를, 아직 가보지 않은 나의 시간을 떠올린다. 가슴이 자꾸 뛰는 이 감각이 아직 나에게 남아 있다는 사실이 고맙다.

자식은 넘어지며 자기 인생을 배우고, 부모는 물러서며 자기 삶을 회복한다. 자식에 대한 걱정 대신 믿음을, 개입 대신 응원을 선택하는 일. 그것이 지금 나이에 부모가 배워야 할 또 하나의 공부다.

말처럼 쉽지는 않을 것이다. 그래도 오늘은 안다. 자식의 인생을 대신 살아 줄 수 없듯, 내 인생 또한 미뤄둘 수 없다는 것을. 남은 시간을 걱정으로 소모하지 않고, 나를 키우는 일에 쓰고 싶다. 그렇게 하루를 충만하게 채워, 기쁘게 잠자리에 드는 삶. 그 삶이 결국 자식에게도 가장 단단한 응원이 되리라 믿으며, 오늘은 조용히 나의 남은 인생 쪽으로 한 발을 내디딘다.

누군가는 떠나고,
나는 하루를 선택한다

　아침 일찍 울린 알림음은 하루의 마음결을 바꾸어 놓았다. 큰형님이 보낸 부고였다. 제수씨의 베트남 친정어머니가 새벽 잠자리에서 돌아가셨다는 소식이었다. 평소 심장 지병이 있었다고 했다. 죽음은 언제나 그렇게 이유를 남기지 않은 채 도착한다.

　20년 전, 동생이 베트남에서 결혼식을 올릴 때 그 어머니를 한 번 뵌 적이 있었다. 말은 통하지 않았지만, 얼굴에 나타난 표정과 몸짓만으로도 충분히 진심을 알 수 있었다. 기억은 오래 머물지 않지만, 죽음은 그 기억을 다시 불러낸다. 나는 한동안 휴대전화를 내려놓지 못한 채 고인의 명복을 빌었다.

　제수씨와 통화를 했다. 갑작스러운 수식 앞에서 슬픔은 정리되지 않은 채 말을 앞질렀다. 자상하셨던 얼굴이 떠올라 먹먹한 마음으로 고인의 명복을 또 빌었다. 비행기표를 겨우 구했다며 다음 날 오후에 조문을 간다고 했다.

　우리는 모두 죽음을 안고 산다. 그러나 실제의 죽음은 언제나 생각보다 가깝고, 생각보다 무겁다. 시간이 흐른다고 말하지만, 정작 흐르는 것은 시간보다 사람이다. 사람은 시간 위를 지나가고, 남은 시간은 그 자리에 머문다. 떠난 사람의 몫은 기억으로 남고, 살아 있는 사람은 다시 하루를 선택해야 한다.

이튿날, 반납해야 할 책이 있어 여천천을 따라 도서관까지 걸었다. 계절은 이미 겨울 쪽으로 기울어 있었다. 나무들은 잎을 다 떨구고, 스산한 계절 앞에 모든 걸 내려놓는다. 자연은 언제나 말이 없어도 그 끝을 안다.

도서관으로 가는 길에 제수씨가 비행기 탑승구에 들어섰다는 문자가 왔다. 짧게 답장을 보냈다. 슬픔을 감당하는 일은 말을 많이 한다고 해결되지 않는다. 그냥 슬픔을 조용히 지켜보며 당사자의 마음을 함께해 주는 것이다.

저녁에는 고향 공무원 선후배 모임이 있었다. 한 해를 정리하는 자리였다. 늦게 도착한 선배 한 분의 얼굴에 겨울바람이 스치는 듯했다. 지난달 암 투병 중이던 아내를 먼저 보낸 분이다. 그는 부모를 여의었을 때와는 전혀 다른 감정이 찾아온다고 말했다.

부부의 죽음은 한 생의 절반이 사라지는 일에 가깝다. 그 부부는 퇴직 후 울산과 고향을 오가며 사과 농장을 일구었다. 함께 늙어갈 시간을 전제로 한 삶이었다. 혼자가 된 이후, 삶의 구조가 달라졌다고 했다. 우리는 위로하지 않았다. 말로 건넬 수 있는 위로에는 한계가 있다는 사실을 모두 알고 있었기 때문이다.

부부란 타인이 만나 시간을 공유하는 관계다. 사랑보다 중요한 것은 지속이다. 지속은 이해와 양보, 그리고 연민으로 유지된다. 늙어간다는 것은 감정이 사라지는 일이 아니라, 감정을 다루는 방식이 바뀌는 일이다.

로마의 황제이자 철학자 아우렐리우스는『명상록』에서 죽음을 자연의 질서로 받아들였다. 그는 말한다. "죽음이란 우리를 이루는 원소들이 본래의 자리로 돌아가는 것일 뿐이다." 죽음은 파괴가 아니라 해체이며, 자연으로의 복귀다. 이 관점에서 보면 삶의 책임은 더욱 커진다. 어떻게 살 것인가의 문제만 남기 때문이다.

겨울은 죽음을 닮은 계절이다. 성장은 멈추고, 그 자리에 추스름과 정리가 들어선다. 떨어지는 잎들은 각자의 순서에 따라 제 갈 길을 간다. 인간의 삶 또한 다르지 않다. 떠남은 끝이 아니라, 자연의 순환 속에 놓인 삶의 한 과정일 뿐이다.

제수씨 친정어머니의 죽음과 선배 아내의 죽음은 서로 다른 자리에서 일어났지만, 나에게는 같은 질문으로 남았다. 나는 오늘을 어떻게 살 것인가. 죽음은 삶을 부정하지 않으며 삶과 죽음은 항상 함께 공존한다. 그러니 삶 앞에 우리는 언제나 공손해야 한다. 겸손을 잃지 않고 늙어간다는 것, 그것이 죽음을 지나 삶을 철학으로 남기는 일이 아닐까.

한결같은 마음은
전철을 타고 온다

　아침 일찍 전화가 왔다. 큰형수님이었다. 막 잠에서 깨어 무슨 일인가 하는 생각이 먼저 스쳤다. 통화는 길지 않았고, 오전 중 남창역에서 잠깐 보자고 했다. 어제 형제 모임에 가져가려다 못 전한 곰탕과 장어탕을 전해주고 싶어 전철을 타고 내려오겠다는 말씀이었다. 우리 부부가 함께 독감에 걸려 모임 날짜를 연기했었다.

　급한 볼일이 있는 것도 아닌데 부산에서 오신다니, 힘드실 것 같아 몇 번이나 말렸다. 형수님은 괜찮다며, 전철 탈 때 다시 연락하겠다고 했다. 독감으로 고생하는 시동생과 동서가 마음에 걸려서란다. 그 말 한마디에, 형수님의 마음이 이미 역에 도착해 있다는 걸 나는 알았다.

　40여 년을 함께 살아오며 알게 된 형수님은 마음이 늘 먼저 움직였고, 머리보다 가슴이 앞서는 분이었다. 그래서 더 이상 말리지 않고, 전철 도착 시간에 맞춰 남창역으로 향했다. 겨울 공기가 차가웠지만 마음은 새봄처럼 따뜻해졌다. 형수님이 오고 있다는 사실만으로도 하루의 빛깔이 바뀌는 느낌이었다.

10여 분쯤 지났을까, 역 광장으로 형수님이 모습을 드러내셨다. 속으로 '아, 오셨구나' 하고 짧게 숨을 고른다. 늘 그렇듯 서두르지 않으면서도 망설임 없는 걸음이었다. 두 손에는 정성스레 챙긴 음식 가방이 들려 있었다. 우리 집안의 맏며느리, 김 여사님. 언제나 집안을 단단히 지탱해 온 분이다. 나는 형수님을 좋아한다. 이건 오래된 사실이라 굳이 설명이 필요 없는 마음이다. 보통 이상으로 존중하고, 사랑한다. 그 이유는 단순하다. 형수님은 언제나 바위 같은 진심으로 사람을 대했기 때문이다.

반갑게 다가가 인사를 나누자, 형수님은 가방부터 내밀며 몸은 괜찮은지 물었다. 나는 괜찮은데 아내가 회복이 더디다고 하자, 잠시 얼굴에 걱정이 스쳤다. 힘들게 오셨다며 미안해하자, 형수님은 손사래를 쳤다. "이런 건 힘든 게 아니야." 그 말속에는 지난 세월이 고스란히 담겨 있었다.

힘들게 오셨으니, 장터에서 국밥 한 그릇이라도 드시자고 했다. 하지만 형수님은 며칠 있으면 설날이니 그때 얼굴 보며 천천히 이야기하자며, 역 안으로 발길을 돌리셨다. 오래 머물면 괜히 시동생이 부담될까 봐 서두르신 걸 나는 안다. 섭섭함보다 고마움이 먼저였다. 마음을 헤아려 배웅 인사를 드렸다. 짧은 만남이었지만, 그 따스함은 온기로 남았다.

사람들은 흔히 말한다. 인간은 이익 앞에서 망설이지 않으며, 하나를 주면서 둘을 받으려는 마음이 본심이라고. 그러나 40여 년을 지켜본 시동생의 눈으로 보기에, 형수님은 그 흔한 공식에서 늘 벗어나 있었다. 시부모를 대함에 있어, 시댁을 품는 태도에 있어, 한결같았다. 그 한결같음은 노력의 결과라기보다 삶의 태도에 가까웠다.

가식과 가면이 판을 치는 세상에서, 형수님은 맨얼굴로 살아왔다. 그래서 더 빛났다. 사람은 언제나 변하지 않는 마음일 때 비로소 진심이 된다. 그리고 진심은 결국 진심을 알아보는 사람에게 닿는다. 세월이 흐를수록 그 사실은 더욱 분명해진다. 형수님의 마음이 귀한 것은, 오늘의 곰탕과 장어탕 때문만이 아니다. 어제도 그전에도 언제나 푹 고아낸 곰탕 같은 깊은 진심이 그대로이기 때문이다. 음식은 시간이 지나면 사라지지만, 사람의 태도는 시간을 건너 남는다.

시동생으로서 나는 형수님을 사랑한다. 이 말도 마음속에서는 이미 수없이 되뇌어 온 말이다. 혈연은 아니지만, 마음으로 이어진 가족이기 때문이다. 형수님은 늘 우리 형제의 안부를 먼저 묻고, 아픔 앞에서 가장 먼저 움직였다. 그 사랑은 요란하지 않았고, 조건을 달지 않았다. 그래서 더 깊었다. 누군가를 오래 좋아하고 존중하는 마음은, 결국 그 사람의 인간성을 알아보았다는 증거다.

서로를 알아주는 '나와 너'의 관계에서 세상은 비로소 빛난다. 문득 생텍쥐페리의 『인간의 대지』에서 읽은 문장이 떠올랐다. "내가 나인 것은, 인간다운 존재인 것은, 나와 함께 나를 위해 아픔을 느낄 수 있는 누군가 있기 때문이다. 내가 아름다운 것은 나를 아름답게 생각하는 누군가 있기 때문이다. 내가 소중한 것은 내가 소중하게 생각하는 누군가 있기 때문이다."

이 문장을 다시 읽다 보니, 우리 가족에게 그 '누군가'는 분명하다는 생각이 든다. 카리스마 김 여사님이다. 말보다 행동으로, 주장보다 배려로 가족을 이끌어 온 분. 퇴직 후 걷고, 읽고, 쓰며 살아가는 요즘의 나에게 형수님은 여전히 삶의 기준을 일깨워 준다. 사람은 진심일 때 진심이 통한다는 것, 그리고 그 진심은 오랜 시간 속에서 증명된다는 것을.

남창역에서의 짧은 만남은 그렇게 하루를 바꾸어 놓았다. 퇴직자의 하루는 크고 떠들썩한 사건이 아니라, 이런 작은 체온으로도 충분히 깊어진다. 오늘의 일기를 덮으며 나는 다시 확인한다. 한결같은 마음은 결국 사람을 살리고, 가족을 지킨다는 사실을.

기억을 잃은 밤이 가르쳐 준
조심스러운 삶

아침부터 아내는 분주했다. 오전에는 아들 가게 일을 돕고, 시간이 없어 곧바로 친정에 간다고 했다. 장모님을 요양원에서 요양병원으로 옮기는 문제를 형제와 상의하기 위해서였다. 가족의 돌봄 문제는 늘 그렇듯, 말 한마디에도 마음이 예민해지는 일이다.

나는 평소처럼 몸을 움직였다. 공원 축구장을 뛰고, 산길을 맨발로 걸었다. 숨이 차오르고 발바닥이 땅의 감촉을 기억하는 동안, 마음은 오히려 고요해졌다. 그렇게 집으로 돌아왔다.

저녁 6시쯤, 아내가 돌아왔다. 문을 열고 들어오자마자 머리가 아프다고 했다. 친정에서 동생과 사소한 의견 충돌이 있었다며 흥분한 기색이 역력했다. 장모님 일로 서로 예민해진 게 아닐까 싶어, 최대한 공감하며 말을 건넸다. "그럴 수 있지, 요즘 다들 여유가 없잖아."

아내는 소파에 누웠다. 한참을 그렇게 있다가 몸을 일으키더니, 갑자기 엉뚱한 말을 했다.

"여기가 어디야?"

집이라고 답하자, 아내는 눈을 크게 뜨며 말했다.

"기억이 하나도 안 나."

순간 공기가 달라졌다. 오전에 가게에서 일한 것도, 친정에 다녀온 일도 전혀, 기억하지 못했다. 지금 어머니가 어디 계시느냐고 묻자, "집에 계시겠지"라고 했다. 요양원에 계신다고 하자, "돌아가셨나?"라는 말이 나왔다.

치매 기운이 온 어르신처럼 말과 표정이 현실과 어긋나 있었다.

덜컥 겁이 났다. 이건 내가 아는 범위를 벗어난 일이라는 직감이 들었다.

아들에게 전화를 걸어 집에 들르라고 했다. 처가에도 자초지종을 설명했다. 낮 동안 무슨 큰일이 있었는지 물었다. 특별한 일은 없었다면서도 "얼른 병원에 가야 한다"라는 걱정 섞인 목소리가 들려왔다.

아들이 도착했고, 병원에 가자고 아내에게 말했다.

"내가 왜 병원에 가는데?"

아내는 그 이유 자체를 이해하지 못하는 듯했다. 이 밤에 왜 나가야 하느냐며 횡설수설했다. 서두르자고 해도 말이 통하지 않았다. 설명할 수 없는 공포가 가슴을 눌렀다.

아들 차를 타고 대학병원 응급실로 향했다. 당직 의사에게 상황을 설명하자, 여러 검사가 필요하다며 환자복으로 갈아입혔다. 이곳이 어디냐고 물어도 모르겠다며, 방금 차를 타고 왔다는 사실조차 기억하지 못했다.

MRI 정밀 검사를 앞두고 간호사가 주의 사항을 설명했다. 검사실로 아내가 들어가고 나서야, 처제와 조카가 병원에 도착했다. 걱정의 눈빛이 역력했다.

대기실 의자에 털썩 앉아, 그저 '제발 별일 없기를' 마음속으로 되뇌었다.

40분쯤 지났을까. 아내를 호명하며 보호자를 찾는 방송이 울렸다.

검사를 마치고 나온 아내는 왜 모두 병원에 와 있느냐며 어리둥절한 표정이었다. 여전히 자신이 왜 이곳에 있는지 알지 못했다. 응급실 침대에 다시 눕혔다. 시험 결과를 기다리는 수험생처럼 긴장된 시간이 흘렀다.

지금이 몇 월인지, 올해가 몇 년도인지 묻자, 대답하지 못했다.

마침내, 여의사가 내려왔다. MRI 검사에서는 상세 불명의 작은 반점의 흔적이 있다고 했다. 하지만 그렇게 심각한 사항은 아니라고 했다. 간혹 이런 환자가 발생한다며 짧게는 몇 시간, 길게는 이틀 안에 기억이 돌아오기도 한다고 했다. 외래 진료 날짜를 잡고 퇴원할 수 있었다.

안도와 불안이 동시에 밀려왔다. 집으로 돌아오는 길에도 아내는 왜 병원에 왔는지, 누구 차를 타고 왔는지를 기억하지 못했다.

새벽 2시가 넘었다. 집에 도착해 아내가 배가 고프다기에 밥을 챙겨주고, 잠자리에 드는 걸 확인하고 나서야 소파에 몸을 기댔다.

그러나 잠은 오지 않았다.

이 일을 겪고 나서야 알았다. 나이가 들면 몸만 늙는 게 아니라, 마음과 정신도 작은 충격에 크게 흔들릴 수 있다는 것을.

부모를 모시는 문제, 형제자매의 판단 차이, 부부 사이의 피로한 대화, 우리 세대가 가장 많이 부딪히는 일들이다. 그 문제들을 쉽게 간과하면 갑자기 삶의 균형추가 무너질 수도 있다.

기억을 잃는다는 건, 잠시 나를 잃는 일이다. 그 순간 곁에 있는 사람들은 큰 두려움에 빠지게 된다.

오늘 놀란 가슴으로 이런 일은 누구나 일어날 수 있는 일이라는 걸 깨달았다.

그리고 지금의 말투, 지금의 갈등, 지금의 무심함이 훗날 우리의 정신 건강에 어떤 흔적으로 남을지, 한 번쯤은 돌아보아야 한다는 것이다.

그날 이후, 나는 말의 속도를 조금 늦추려 한다.

기억이 멈추지 않도록, 삶의 속도를 조심스럽게 조율해 본다.

나이가 든다는 건, 더 강해지는 일이 아니라 더 조심해야 할 것이 많아지는 일인지도 모른다.

단풍 곱던 시월의 어느 날

오늘은 장모님을 영원히 떠나보내는 날이다.

요양원에서의 2년, 그리고 사흘 전 마지막 숨을 고르신 뒤, 우리는 마침내 이별의 절차 앞에 섰다.

발인식이 시작되자 빗방울이 조용히 흩날렸다. 하늘도 자식들의 마음을 헤아리는 듯했다. 혹여 운구 시간이 지체될까 염려되어 예정보다 30분 앞당겨 발인을 마쳤다. 9시 정각, 운구차는 울산 하늘공원을 향해 천천히 움직였다.

삼동터널로 가면 더 빠를 텐데, 장의사는 굳이 통도사 방향으로 길을 잡았다. 조금 돌아가는 길이었다. 마지막 길을 서두르지 말라는 뜻이었을까.

한 시간 남짓 달려 도착한 하늘공원. 장손이 영정을 들고 앞장섰고, 그 뒤를 운구가 따랐다. 열흘 남긴 시월의 단풍은 유난히 붉게 타오르고 있었다. 마치 삶의 끝자락이 저리도 아름다울 수 있음을 보여주듯, 단풍들은 말없이 빛을 내고 있었다.

죽음도 삶의 일부라 했다.

오늘도 해는 떠오르고, 계절은 순리대로 흐른다. 한 사람이 떠났다고 세상이 멈추지는 않는다. 자연은 묵묵히 제 자리를 지킨다. 그렇다면 떠남 또한 태어남과 다르지 않은 한 과정일지도 모른다. 단풍이 떨어져야 새봄의 싹이 움트듯, 끝은 또 다른 시작의 자리인지도 모른다.

검은 상복을 입은 조문객들 사이로 마지막 절차를 기다리는 시간이 이어졌다. 이윽고 마지막 절을 올리는 순간, 비로소 이별은 현실이 되었다. 89년의 세월. 그 무게와 온기가 이제는 자식들의 기억 속으로 옮겨갔다.

"어머니, 아버지를 기쁘게 맞으시어 천상에서 평안하십시오."

울먹이는 자식들의 목소리와 아무 말씀 없으신 영정 속의 얼굴 사이에서, 삶과 죽음은 조용히 갈라지고 있었다.

잠시 후 안내 방송이 흘러나와 두 분의 화장 호실을 알렸다. 장인어른은 사십여 년 전 불의의 사고로 세상을 떠나셨다. 선산에 모셔 두었던 분을 오늘 장모님과 함께 이곳 추모관으로 모셨다. 수십 년 만의 재회다. 인간의 시간으로는 길었지만, 하늘의 시간으로는 한순간일지도 모른다.

대기실 화면에는 먼저 장인어른의 화장이 시작되었다는 자막이 떴다. 한참 후 작은 항아리에는 한 줌의 재만 담겨 나왔다.

이어 장모님의 차례가 되었다. 건강하셨던 모습이 아직 눈앞에 선한데, 그분 또한 한 줌의 재로 돌아오셨다. 숙연함은 어느새 울컥함으로 번졌다. 우리는 말없이 얼굴을 감싸 쥐었다.

그 순간 문득 이런 생각이 스쳤다.

몸은 재가 되었으나, 삶은 사라짐이 아니라 우리 안으로 고운 단풍처럼 옮겨온 것은 아닐까. 단풍은 그분의 고운 성품과 색깔이 아닐까.

두 분의 유해를 안고 추모의 집으로 향했다. 창가, 햇빛이 가장 오래 머무는 자리에 조심스레 모셨다. 큰아들이 가늘게 떨리는 목소리로 말했다.

"자주 뵈러 오겠습니다."

그 말에는 이별보다 다짐이 담겨 있었다. 떠난 이를 붙드는 대신, 남은 우리가 더 잘 살아내겠다는 약속이었다.

"보고파도 돌아보면 안 된다."는 아내의 울먹이는 목소리가 들렸다. 정말 연이 이렇게 끊어지는 것일까. 아니다. 끊어지는 것은 육신일 뿐, 인연은 기억과 우리의 삶 속에 남는다. 부모를 닮은 말투, 습관, 가치관 속에서 자식들은 이미 그분들의 연장선으로 살아가고 있지 않은가.

상복을 벗고 장례식장을 나서는 순간, 일상은 아무 일 없었다는 듯 우리를 맞이했다. 삶은 참으로 냉정하고도 단단하다. 그러나 그 단단함에서 우리는 배운다. 각자의 자리에서 성실히 살아가는 것, 그것이 떠난 이를 기쁘게 하는 길임을.

늦은 점심을 함께하고 헤어진 뒤, 형제들만 본가로 향했다. 주인 없는 아파트에는 장모님의 유품들이 그대로 놓여 있었다. 그 앞에 서자 사십 년 가까운 시간이 천천히 되살아났다. 웃음소리, 명절 음식 냄새, 아이들을 부르던 목소리. 모든 것이 말없이 반짝였다.

슬픔보다는 고마움이 차올랐다. 긴 세월을 성실히 살아내셨고, 자식들을 길러내셨고, 끝까지 품위를 잃지 않으셨다. 한 인간의 삶이 온전히 마무리되었다는 사실은 슬픔만으로는 설명되지 않는 어떤 경건함을 남긴다.

삶은 바다를 지나는 배와 같아, 지나간 자리의 물결은 이내 제 모습을 찾는다. 그렇다고 그 배가 없었던 것은 아니다. 우리는 서로의 삶에 물결을 남기며 살아간다. 그리고 언젠가 떠날 때, 남은 이들의 가슴에 잔잔한 파문을 남긴다.

오늘 하루도 저물어 간다. 내일이면 또 새벽이 밝을 것이다. 세상은 어제와 다르지 않게 돌아가겠지만, 우리의 마음은 조금 더 깊어졌으리라.

죽음은 끝이 아니라 승화(昇華)라는 생각이 든다. 흙으로 돌아가 자연이 되고, 기억으로 남아 사랑이 되고, 자식들의 삶 속에서 다시 숨 쉬는 일이 아닐까. 장모님은 장인어른을 긴 세월의 그리움 끝에, 다시 만났다. 이제는 두 분이 평안히 영면하시기를 바랄 뿐이다.

그리고 우리는, 우리의 남은 날들을 더 단정하게 살아가야 한다. 그것이 오늘 우리가 떠나보내신 그분을 영원히 기억하는 길일지도 모르기 때문이다.

제5부
오늘 하루도 잘 보냈다

'오늘'이라는 단어 하나만을 천천히 되세길 때

그런 순간이 찾아온다.

웃음이 오래 머무는 날도 있고,

이유 없이 가슴이 울컥해지는 날도 있다.

특별한 사건이 없어도 감정은 스스로 파도를 만든다.

그럼에도 내일이 오기 전까지 반드시 우리 앞에 놓이는 시간이 있다.

바로 '오늘'이다.

꽃과 돈 사이에서

농막으로 가는 길에 오일장을 들렀다.

읍내의 오일장터는 언제나 외침과 떠들썩함으로 삶의 체온을 전해준다. 흥정 소리, 웃음과 푸념이 뒤섞인 말들, 장바구니를 든 사람들의 느릿한 걸음에는 오일장 특유의 한가함과 안온함이 배어 있었다. 도시에서는 좀처럼 느낄 수 없는, 서두르지 않아도 괜찮다는 표정들이었다.

점심으로 국숫집 포장마차를 찾았으나 오늘은 나오지 않았다. 대신 선짓국 집에 들어갔는데, 아내의 표정은 그다지 내키지 않는 듯했다. 뜨거운 국물 앞에서도 마음은 늘 같지 않다. 작은 점심 한 끼조차 서로의 취향이 다른데, 어찌 인생이 내 마음대로 흘러가기를 기대할 수 있을까. 그렇게 생각하니 오히려 마음이 느슨해졌다. 다름은 불편이 아니라, 세상이 내 뜻대로 되지 않는다는 사실을 다시 확인시켜 주는 증거일 뿐이다.

속을 채운 뜨끈함으로 다시 시장을 한 바퀴 돌았다. 온갖 나무와 꽃들이 눈에 들어왔다. 예전 같았으면 그냥 지나쳤을 풍경이다. 젊었던 우리는 늘 목적지를 향해 걸었고, 결과로만 세상을 판단했다.

과정은 건너뛰어도 되는 것쯤으로 여겼다. 그러나 어느새 은빛 머리칼이 익숙해진 지금의 우리는, 이제 조금씩 시선을 바꿔야 하지 않을까.

목련, 라일락, 자두나무, 살구나무, 왕보리수….

장터 구석진 곳에서 봄기운이 조용히 손을 흔들고 있었다. 요란하지도, 성급하지도 않게. 그저 제 계절이 왔음을 알릴 뿐이었다.

라일락과 자두 묘목을 샀다. 농막으로 돌아와 작년에 심어두었던 석류와 대추나무를 밭 한가운데로 옮겼다. 라일락은 농막 가까이에, 자두나무는 밭둑에 심었다. 둑을 치고 흙을 고르자 텃밭은 비로소 자기 자리를 찾은 듯 보였다.

흙 묻은 손으로 한참을 서 있었다.

얼마나 기다려야 할까. 지금의 시간은 아무것도 돌려주지 않을 것처럼 보인다. 그러나 나무는 알고 있을 것이다. 기다림이 헛되지 않다는 것을. 어쩌면 삶이란, 끝없이 무언가를 이루는 과정이 아니라, 묵묵히 기다릴 줄 아는 능력인지도 모른다.

퇴직 후 석 달 남짓, '이제는 다르게 살아야 한다'는 기대가 오히려 나를 더 지치게 했다. 무엇을 이루어야 한다는 생각, 남은 시간을 의미 있게 써야 한다는 강박이 일상의 평온을 짓눌렀다. 자유를 얻었는데도 마음은 여전히 성과표 앞에 서 있었다. 그러다 문득 '의미'라는 단어를 다르게 생각해 보기로 했다.

"나이 든 삶은 새로운 설계가 아니라, 단순하게, 더 단순하게."

봄꽃의 자태와 오늘 심은 나무에서 언젠가 향기로운 열매가 맺힐 거라는 상상을 해본다. 그것은 성취의 기쁨이라기보다, 기다림이 주는 설렘에 가깝다. 기대하되 조급하지 않는 마음. 결과를 바라되 결과에 매이지 않는 태도. 나무는 그렇게 자랄 것이다.

그날 저녁, 텔레비전에서는 연일 이어지는 공기관 직원들의 부동산 투기 사건이 또 다른 국면으로 흘러가고 있었다. 땅을 사고, 정보를 나누고, 꿈꾸던 행복은 파국으로 치달았다. 두 직원의 죽음, 압수수색, 고구마 줄기처럼 끝없이 딸려 나오는 이름들. 욕망은 늘 요란하다. 그러나 그 끝은 언제나 허망하다. 가을 연밭의 꽃대가 누렇게 시들어 결국 녹아내리듯, 욕망은 스스로를 소진시키며 무너진다.

꽃과 돈은 닮은 듯 화려하고 빛나지만, 그 아름다움은 전혀 다르다.

꽃은 땅에 닿는 순간부터 자신을 낮춘다. 햇볕과 비, 바람과 계절을 거스르지 않고 제 몸을 맡긴다. 잘 자랄 수도 있고, 그렇지 못할 수도 있음을 받아들이며 겸손을 미덕으로 삼는다. 반면 돈은 소금 먹은 입이 물을 찾듯 끝없는 욕망을 부른다. 더 많이, 더 빨리, 남보다 앞서서. 돈은 사람을 재촉하고, 통제하고, 결국은 가두려 든다.

사람들은 흔히 돈으로부터의 자유를 꿈꾼다. 그것은 부정할 수 없는 우리의 보편적 열망이다. 그러나 그 꿈이 누구에게나 허락되지 않기에 부자가 되기 어려운 것인지도 모른다. 그렇다면 방향을 바꿔보는 것은 어떨까. 부자가 되기 위해 반칙을 쓰기보다, 가진 것에 머무를 줄 아는 삶을 선택하는 것. 욕심을 줄이고, 가진 돈을 존중하는 일. 그것은 불안을 키우는 선택이 아니라, 평온을 택하는 용기일지도 모른다.

오늘 심은 나무들은 아무 말도 하지 않는다.
다만 제시간에 잎을 내고, 제 계절에 열매를 맺을 것이다. 그 느린 확신 앞에서 나는 조금 안도한다. 삶이 나에게 요구하는 것은 더 많은 성취가 아니라, 더 깊은 존중일지도 모른다는 생각이 들어서다.
꽃처럼 살 수 있다면,
그것으로 충분하지 않을까.

공존의 법칙

산속 농막에서 글을 정리하다 고개를 들었을 때, 이미 해는 기울어 가고 있었다. 시간은 언제나 생각보다 먼저 떠난다.

나는 늘 삶을 붙잡고 있다고 믿지만, 사실은 삶이 나를 조용히 앞질러 가고 있는지도 모른다.

며칠 전 심어둔 고구마 줄기가 축 늘어져 있었다. 뿌리도 없는 몸으로 뜨거운 햇살을 정면으로 받아 내는 모습이 처연했다.

나는 지붕의 관을 통해 빗물을 모아 둔 커다란 물통 꼭지를 틀어 한참 물을 주었다. 가느다란 줄기 하나로 버텨내는 그 생명력 앞에서, 인간의 의지가 얼마나 허약한지 새삼 느껴졌다. 채소 모종에도 물을 주고, 녹아내린 오이와 참외 포기는 뽑아 다시 심었다.

식물의 세계나 인간사의 풍경이나 크게 다르지 않았다. 관심이 끊긴 자리는 반드시 무너진다. 보살핌이 닿는 곳에서만 생명은 다시 방향을 잡는다.

진입로 변에 심은 꽃모종까지 물을 주고 나서야 하루의 일을 마쳤다.

농막 테라스로 올라와 삽을 제자리에 놓던 순간, 서랍장 한 칸에 말라붙은 풀더미가 눈에 들어왔다. 무심코 손을 뻗은 그 짧은 찰나, 가슴이 철렁 내려앉았다. 그곳에 마른 풀과 가느다란 나뭇가지로 돌돌 쌓아 만든, 작은 새집 하나가 있었다.

갈색 줄무늬의 작은 몸, 어미 새 한 마리가 눈을 크게 뜨고 나를 바라보고 있었다. 그 까만 눈동자에는 숨길 수 없는 두려움이 담겨 있었다. 빙글빙글 시선을 돌리며 도망칠 길을 찾는 듯했지만, 끝내 날아가지 않았다.

왜일까. 곧장 깨달았다.

아, 엄마였구나.

날아가면 어미는 살 수 있다. 그러나 그 뒤 둥지에 남겨질 생명은 어떻게 되는가.

모성은 계산하지 않는다. 살아남는 방법보다, 지켜야 할 이유를 먼저 선택하는 것, 그것이 모성이었다. 그제야 나는 알았다. 모성은 인간만의 감정이 아니라, 생명이 가진 가장 원초적인 본능임을.

이 미물 같은 작은 새에게도, 논리가 아니라 존재의 방식으로 새겨진 위대한 모성이 있었다.

고백하자면, 이 사유에 이르기 전까지 나는 속물근성을 완전히 부정하지 못했다. 텃밭에 올 때마다 서재처럼 사용하는 농막 안에 새집이 있다는 사실이 불편했다. '없애버릴까' 하는 생각이 스친 것도 사실이다. 자연을 사랑한다고 말하면서도, 내 삶의 질서가 흔들리는 순간 득실(得失)을 먼저 가늠하는 마음. 그것이 인간이다.

그러나 초대하지는 않았어도, 이미 내 공간에 뿌리내린 생명을 내칠 수는 없었다. 선택지는 하나였다. 불청객과 함께 살아가는 법을 배우는 것. 알을 낳고, 품고, 부화할 때까지 기다리는 일. 그것이 공존의 최소한이라 여겼다.

그러나 곧 알게 되었다. 공존은 선의만으로는 성립되지 않는다는 것을.

농막에 들 때마다 둥지 근처를 지나야 했다. 그때마다 어미 새가 놀라 알을 품지 못하면 어쩌나 하는 걱정이 앞섰다.

공존에는 거리와 절제가 필요하다. 침범하지 않겠다는 결심, 상대의 불안을 내 편의보다 먼저 고려하는 태도. 즉, 상대가 나를 믿을 수 있도록 행동으로 신뢰를 주는 일이다. 어울릴 수 없을 것 같은 존재들이 함께 살아가는 공존의 법칙. 그것은 사람과 사람 사이에서도, 사람과 자연 사이에서도 가장 어려운 과제일지 모른다.

헨리 데이비드 소로는 『월든』에서 이렇게 말했다.

"나는 숲으로 들어갔다. 삶을 신중하게 살기 위해서였고, 삶의 본질적인 사실만을 마주하기 위해서였다."

그가 숲으로 들어간 이유는 자연을 소유하거나 이용하기 위해서가 아니었다. 자연과 같은 높이에서 살아보기 위해서였다. 자연은 배경이 아니라 공존하며 사는 동거인이었다. 농막의 작은 새 또한 이제 나에게 그런 존재가 되었다.

이곳은 인간만의 공간이 아니었다. 내가 먼저 왔다고 해서 생명의 권리 위에 설 수는 없다.

맞지 않는 무리끼리 공존하는 방법은 결국 하나뿐이다. 상대를 바꾸려 하지 않고, 나의 행동을 낮추는 것.

그래서 나는 결심했다. 작은 불편쯤은 기꺼이 감수하자. 서랍장 둥지 쪽은 당분간 비워두자. 들어갈 때는 소리를 낮추고, 나올 때는 서둘러 물러나자.

더불어 사는 사회는 큰 소리의 구호에서 시작되지 않는다. 텃밭 한쪽을 피해 걷는 발걸음 하나, 내 공간의 일부를 내어주는 마음 하나에서 시작된다.

오늘 농막에서 나는 글감의 본질을 다시 배웠다.

고구마에 물을 주며 생명의 끈질김을 배웠고, 작은 새에게서 공존의 법칙과 삶의 방식 하나를 배웠다.

공존이란 함께 잘 사는 기술이 아니다. 서로를 해치지 않기 위해 한발 물러서는 용기다. 고슴도치는 너무 가까우면 서로를 찌른다 하지 않던가. 거리감, 인정, 신뢰, 그리고 사랑, 그 네 가지가 함께 있을 때만 공존은 가능하다.

불청객이었던 어미 새는 며칠 후, 아마도 가장 조용하고 아름다운 동거인이 되어 있을 것이다.

그리고 나는 오늘 알았다. 인간이 인간다워지는 길은 자연을 이기는 길이 아니라, 자연 옆에 조용히 앉아 기다려 주고 보살펴 주는 것임을.

허리 통증과 함께
배운 삶의 태도

아침에 눈을 뜨자 건너편 숲속에서 빗방울 떨어지는 소리가 들려왔다. 허리는 여전히 뻐근했다. 며칠 전 화분을 옮기다 삐끗한 허리가 좀처럼 나아질 기미를 보이지 않는다. 허리만큼은 튼튼하다고 자부하며 살아왔는데, 그 자부심이 어느새 자만이었음을 이제야 알아차린다. 아무리 외면해도 세월 앞에는 장사가 없다는 말을, 몸이 먼저 가르쳐준다.

아내가 가게로 나서는 모습을 본 뒤 우산을 챙겨 신경외과로 향했다. 불편한 허리를 이끌고 대공원을 가로질러 걸었다. 늦여름의 습한 열기와 끈적한 빗물이 옷자락과 피부에 달라붙는다. 평일 오전, 그것도 비 오는 날이라 공원은 유난히 한적했다. 늘 벤치에 모여 담소를 나누던 어르신들의 모습도 보이지 않는다. 그 자리에 적십자사 헌혈차만이 묵묵히 서서 누군가를 기다리고 있었다.

헌혈차 옆을 지나며 문득 이런 기억이 떠올랐다. 살아오면서 헌혈을 한 번도 하지 못했다는 사실이다. 필요성을 몰라서가 아니라, 혹시 마른 몸에 무리가 가지 않을까 하는 염려로 늘 다음으로 미뤄왔다. 젊을 때 하지 못한 일을, 지금에 와서야 떠올리는 나 자신이 조금은 부끄러웠다. 우리는 늘 '언젠가는'이라는 말 뒤에 숨어 살아온 것은 아닐까.

진료실에서 전문의는 X-ray 사진을 가리키며 인대가 약간 늘어났다고 설명했다. 무리하지 말고 주사와 약, 물리치료를 병행하라는 당부가 이어졌다. 마음은 여전히 청춘이라 우기고 싶은데, 몸은 그런 고집을 받아주지 않는다. 몸은 말보다 정직하고, 나이 듦은 협상의 대상이 아니라는 사실을 다시 배운다.

지금 찾아온 통증은 단순한 질병이 아니라, 삶의 태도를 점검하라는 신호인지도 모른다. 그동안 잘 버텼다는 자부, 아직은 괜찮다는 자신감이 어느새 자만으로 바뀌어 있었음을 몸은 조용히 알려준다. 젊을 때는 무너져도 다시 일어날 수 있었지만, 이제는 넘어지지 않도록 사는 법을 배워야 할 나이다.

물리치료를 받고 집으로 돌아오는 길, 생각은 아침마다 읽는『명상록』으로 향했다. 로마 제국의 황제였던 마르쿠스 아우렐리우스는 세상의 정점에 있었지만, 글 속에서는 끊임없이 자신을 낮추고 다잡는다. 그 책에는 이런 문장이 반복된다. 한때 세상을 호령하던 자들도 모두 흙으로 돌아갔고, 이름조차 남기지 못했다는 사실. 수많은 영웅과 권력자, 명성과 찬사를 누리던 이들이 지금은 어디에 있는지를 묻는 냉정한 질문이다.

"얼마나 많은 사람이 찬양과 선망의 대상으로 군림하다가 결국은 잊혀져 버리고 마는가. 그리고 또 얼마나 많은 사람이 남의 명성을 찬양하다가 덧없이 이 세상을 떠나 버렸는가."

이 문장을 읽을 때마다 우리는 결국 떠나는 존재라는, 단순하지만 피할 수 없는 진실 앞에 선다. 그렇다면 인생의 의미는 무엇일까. 더 많이 쥐는 데 있는가, 더 오래 버티는 데 있는가. 아우렐리우스는 말한다. 통제할 수 없는 것에 집착하지 말고, 오늘의 태도와 마음을 돌보라고.

우리 세대에게 이 말은 더욱 절실하다. 인생의 후반부에 접어들며 우리는 성취보다 정리의 시기를 맞고 있다. 더 크게 만들기보다 불필요한 것을 덜어내는 삶, 더 앞서기보다 옆과 뒤를 돌아보는 삶. 작고 오래된 것, 낡고 초라해 보이는 것, 값비싸지 않은 것들을 사랑할 줄 아는 마음이야말로 이 나이에 알아야 할 가치가 아닐까.

공원의 나뭇잎 위에 맺힌 빗방울들이 에메랄드빛으로 반짝인다. 그 순간의 아름다움을 바라보며 문득 깨닫는다. 살아 있음이란 대단한 업적이 아니라, 이런 작은 감각을 알아볼 수 있는 마음에 있다는 것을.

계절은 여름에서 가을로 넘어가고 있다. 나의 생도 어느새 계절보다 앞서 가을로 접어들었다. 그러니 이제는 채우기보다 비우고, 주장하기보다 경청하며, 증명하기보다 감사하는 삶을 살아야겠다. 우리는 언젠가 떠날 존재이기에, 오늘을 더욱 아름답게 살아야 한다.

집으로 돌아와 혼자 점심을 차려 먹고 청소기를 돌렸다. 눅눅했던 방 안의 공기와 함께 마음속에 쌓였던 찌꺼기까지 정리되는 듯하다. 오늘은 불편했던 허리를 치료하며, 나이 듦이 건네는 겸손을 배운 하루였다.

주렁주렁한 송이를 내려놓은
포도 줄기처럼

한참 연장자인 지인이 농사지은 포도는 유난히 달콤하다. 해마다 수확 철이 되면 제법 많은 양을 주문한다. 두 며느리 집에 보내고, 사돈께도 드린다. 그 집 포도를 기다리는 사람은 우리만이 아니다. 달다는 소문이 돌 만큼, 그 포도에는 햇볕과 바람뿐 아니라 그 사람의 땀과 시간이 함께 익어 있다.

올여름은 유별나게 더웠다. 긴 더위에 포도는 그만큼 빨리 영글었다. 늘 그랬듯 예년의 날짜를 마음속에 정해 두고 느긋하게 기다리고 있었다. 그러던 중 지인에게서 전화가 왔다.

"올해는 왜 말이 없어요. 오늘이 마지막 수확일인데."

변하지 않을 거라는 안이함이 여기서도 나를 붙잡았다. 세상은 늘 앞서가는데, 나는 지난해의 그날에 머물러 있었던 셈이다.

그는 언제나 큰형님 같은 사람이다. 말투는 푸근하고, 마음 씀씀이는 넉넉하다. 들판 한가운데 원두막을 짓고, 봄과 여름이면 집과 포도 농장을 오가며 딸과 함께 살고 있다고 했다. 퇴직하던 해, 직장 동료의 농장을 드나들다 우연히 알게 된 사이다.

포도 상자를 포장하는 동안 그는 수십 년 농사에서 길어 올린 이야기를 풀어놓았다. 그중 하나는 쉽게 흘려보낼 수 없는 말이었다.

"포도 줄기는 말이죠, 송이가 달려있을 때 제일 힘이 넘쳐요."

포도송이가 주렁주렁 매달려 있을 때, 줄기는 온 힘을 다 쓴다고 했다. 그런데 수확이 끝나고 송이가 사라지면 줄기와 잎은 눈에 띄게 시들해진다는 것이다. 오늘이 마지막 수확일인데, 내일부터는 그 차이가 분명하게 드러난다고 했다.

나는 고개를 갸웃했다. 무거운 짐을 내려놓으면 오히려 가벼워질 것 같은데, 왜 반대일까.

지인은 웃으며 설명을 이어갔다. 줄기는 봄에 꽃과 잎을 내고, 여름 내내 뜨거운 태양을 견디며 검붉은 송이를 매단다. 가을이 다가오면 송이는 영글고, 마침내 제 몫을 다한다. 그 시간 동안 줄기는 오직 송이를 위해 자신을 써 왔다는 것이다.

"자식 키우는 거랑 똑같아요."

포도송이는 자식이고, 줄기는 어미라는 말이었다. 송이가 사라지면 줄기가 힘을 잃는 건, 자식을 향해 쏟던 마음이 함께 빠져나갔기 때문이라는, 설명이었다. 사람으로 말하면 모성애다.

그래서 수확이 끝난 뒤에는 줄기에도 영양을 듬뿍 주어야 한단다. 아이를 낳은 뒤 미역국으로 몸을 추스르듯, 포도나무도 다시 살려야 다음 해를 준비할 수 있다는 것이다.

그 이야기를 들으며 나는 잠시 말을 잃었다. 인간만이 부모 마음을 가진 줄 알았는데, 식물도 다르지 않았다. 인간이든 동물이든 식물이든, 세상의 생명들은 모두 본성대로 부모와 자식의 삶을 이어가고 있었다.

이야기는 자연스럽게 사람 사는 쪽으로 흘러갔다.

"자식 없는 집이 더 잘살 것 같죠?"

그의 말에 나는 고개를 끄덕였다. 교육비도 덜 들고, 결혼시킬 걱정도 없으니 살림이 넉넉해져야 세상 이치에 맞는다.

그러나 그는 고개를 저었다. 현실은 꼭 그렇지 않다고 했다. 자식이 많은 집은 처음부터 각오가 다르다는 것이다. 아이들 앞날을 생각하며 몸을 아끼지 않고, 마음을 다잡고, 삶을 더 깊이 밀어붙이며 살아간다는 것이다. 반대로 자식이 없는 집은 애초에 그렇게까지 자신을 몰아붙일 이유가 적다는 말도 덧붙였다.

그 말이 모두 옳다고 단정할 수는 없었다. 하지만 가볍게 흘려보낼 수도 없었다. 포도 줄기가 송이를 위해 온 힘을 쏟듯, 부모는 자식을 이유로 자신을 소모하며 살아가기도 한다. 그 마음이 삶의 태도를 바꾸고, 인생의 밀도를 달라지게 만드는 경우도 많다.

자식은 짐이기도 하다. 동시에 사람을 움직이게 하는 가장 강력한 이유이기도 하다. 우리는 그 사실을 너무 오래, 너무 자연스럽게 살아와서 잊고 있었는지도 모른다.

포도 상자가 가지런히 포장되었다. 상자를 차에 싣는 동안 문득 이런 생각이 들었다. 내 입에 들어갈 포도보다, 자식의 입에서 터질 그 한 알을 떠올릴 때 이 포도는 훨씬 더 달콤해진다는 것을.

부모와 자식의 관계를 떼어 놓고 감사함을 말할 수 있을까. 포도 송이 없는 줄기를 상상할 수 없듯, 우리의 인생도 누군가를 위해 기꺼이 써 온 시간 위에 놓여 있는 건 아닐까.

농장을 나서며 뒤돌아본 포도밭은 이미 한 해를 다 살아낸 얼굴이었다.

자식을 내려놓고 비로소 드러나는 허기와 공허까지도, 그 삶의 일부처럼 보였다.

세상은 순리대로 흐른다. 자라고, 내어주고, 비워지고, 다시 준비하는 순환 속에서 우리는 자식이 되고 부모가 된다. 포도나무가 해마다 그 일을 말없이 반복하듯이 우리의 삶도 그렇게 이어져 가는 것은 아닐까.

아름다움과 불편함이 함께 공존하는 세상

　어항의 물속을 하루에도 몇 번씩 들여다보는 게 버릇이 되었다. 물고기들이 제대로 헤엄치고 있는지, 숫자가 줄지는 않았는지 괜히 한 번 더 세어보게 된다. 빨강 머리 금붕어가 어느 날 흔적도 없이 사라지더니 열대어들도 숫자가 줄어들었다.

　몇 해 전, 아들은 집에 파충류와 수족관을 들여 비단뱀과 여러 종류의 물고기를 키웠다. 취미였지만 가게 일이 점점 버거워지면서 결국 수족관을 정리를 해야 했다. 큰 수족관과 덩치 큰 물고기들은 비교적 쉽게 분양이 되었지만, 작은 열대어들은 선뜻 나서는 이가 없었다. 그렇게 어항과 함께 작은 생명들이 우리 집으로 오게 되었고, 뜻하지 않은 동거가 시작되었다.

　물고기에 대해 아무것도 몰랐던 우리는, 그저 물만 채워주면 되는 줄 알았다. 현실은 전혀 달랐다. 물은 자주 갈아야 했고, 산소 공급기와 여과기는 매번 신경 써야 했다. 정화액을 넣는 시기까지 챙기다 보니, 괜히 일을 벌였나 싶은 마음이 들었다. 그때 문득 법정스님의 『무소유』에 나오는 난초 이야기가 떠올랐다. 선물로 받은 난초 하나가 오히려 마음을 옭아매는 존재가 되는 이야기. 어항과 물고기를 들이지 않았다면, 이런 얽매임도 없었을지 모른다는 생각이 스쳤다.

어느 날 아내와 함께 어항을 들여다보다가, 작은 열대어 두 마리가 또 보이지 않는다는 사실을 알아차렸다. 인공 수초 뒤에 숨었을 거라며 애써 마음을 눌렀지만, 불안은 쉽게 가시지 않았다. 그 순간, 잉어 한 마리가 두 동강 난 열대어 몸통을 삼키는 장면이 눈에 들어왔다. 무지갯빛으로 하늘하늘 헤엄치던 작은 생명들이 눈앞에서 사라지는 순간이었다. 우리는 동시에 소리를 질렀다.

아내는 흥분해 당장 잉어를 꺼내 강에 버리자고 했다. 작은 어항 안에서 벌어진 살벌한 장면 앞에서, 우리가 기대했던 '평화로운 관상'은 산산이 부서졌다. 살아 있는 생명에게서 위안을 얻고자 했던 마음은 순식간에 부담과 스트레스로 바뀌었다.

하지만 곧 생각을 고쳐먹었다. 이 일을 잉어의 잔인함으로만 돌릴 수는 없었다. 잉어가 작은 물고기를 잡아먹는 것은 잘잘못의 문제가 아니라 본성이다. 문제는 함께 살아갈 수 없는 생물들을 한 어항에 넣은 인간의 무지였다. 어항을 들여오는 날 우리는 수족관에 가서 여러 종류의 물고기를 골랐다. 한 종류보다는 다양한 품종을 함께 넣으면 더욱 어항이 빛날 것 같았다. 그래서 작은 잉어 세 마리를 함께 선택했는데 잉어가 차차 자라면서 문제가 생긴 것이다. 지금에 와서 잉어를 버린다면 그것 또한 인간의 폭력이란 생각이 들었다. 잉어는 아무런 죄가 없는데도 인간의 기준으로 선과 악을 나누고, 평화와 폭력을 재단하는 일은 어쩌면 너무 인간 잣대의 해석인지도 모른다.

나는 아내에게 말했다. 다시 이런 일이 생기더라도, 자연의 섭리로 받아들이자고. 우리가 심판할 일이 아니라, 그냥 그들의 운명과 순환에 맡겨 버리자고. 그렇게 말해놓고도, 아침이 되면 여전히 어항 앞에 서서 물고기 수를 세고 있는 나를 발견한다. 걱정은 생각보다 쉽게 사라지지 않는다.

며칠 뒤, 수족관의 자정 작용을 돕기 위해 다슬기가 필요하다는 이야기를 들었다. 이끼를 먹으며 물을 맑게 해준다는 설명이었다. 자주 가던 계곡으로 향했다. 하천 정비 공사로 훼손된 계곡에는 예전보다 다슬기가 눈에 띄게 줄어 있었다. 필요한 만큼만 채취해 돌아왔다.

며칠을 고민한 끝에, 수족관에서 금붕어와 열대어를 새로 샀다. 빨강과 노랑, 검은 점이 있는 것, 흰빛이 도는 것까지 색을 고루 섞었다. 어항에 새 식구를 들이는 순간, 마음 한편이 편치 않았다. 이미 한 번 희생을 겪고도 다시 같은 선택을 하는 것이 과연 옳은가 하는 생각 때문이었다. 희생당한 물고기들을 보충해야 한다는 인간의 단순함과 알량함, 이번 선택은 무지가 아니라, 알면서도 반복하는 인간의 모순에 가까웠다.

그럼에도 새 물고기들이 어항을 채우며 헤엄치는 모습을 보고 있자니, 공간에 다시 숨결이 돌아오는 듯했다. 생명을 돌보고 지켜보는 일이 이렇게 마음을 붙잡아 두는 일인 줄은 예전엔 미처 몰랐다. 어쩌면 우리는 완벽해서가 아니라, 늘 부족하고 모순적이기 때문에 돌봄을 멈추지 못하는지도 모른다.

이 작은 어항은 나에게 커다란 교훈을 요구하지 않는다. 다만 내가 만든 환경 안에서 벌어지는 일들을 외면하지 말고 바라보라고, 선택의 책임을 가볍게 넘기지 말라고 조용히 말하고 있을 뿐이다. 아름다운 것만 보고 싶어 어항을 들여다보았지만, 그 안에는 아름다움과 불편함이 함께 있었다. 인간 세상도 마찬가지가 아닐까.

자연과 함께 산다는 것은, 보기 좋은 장면만 취하는 일이 아니라는 것을 이제는 알 것 같다. 작은 어항 속에서 벌어지는 일들은 크지 않지만, 그만큼 솔직하다. 나는 오늘도 어항 앞에 서서 잠시 물속을 들여다본다. 헤엄치는 물고기들 사이에서, 내 선택의 존중과 마음의 불안을 함께 헤아리면서.

생각 많은 내향인,
걱정을 덜어내는 연습

　걱정과 불안은 대부분 두려움에서 비롯된다고 한다. 뚜렷한 대상도 이유도 없이 마음이 조용히 흔들리는 상태, 특별히 큰 걱정거리가 없음에도 마음 한구석이 늘 불안한 상태로 머무는 경험은, 우리 세대라면 한 번쯤 겪어보았을 것이다.

　지난겨울, 감기 증세가 열흘 넘게 이어졌을 때도 그랬다. 병원에서 주사를 맞고 약을 먹으니 나아지는 듯했지만, 기침과 콧물은 좀처럼 떨어지지 않았다. "나이가 드니 몸이 약해진 건 아닐까", "이렇게 감기가 오래가는 건 처음인데 혹시 다른 병은 아닐까" 하는 생각이 꼬리를 물었다.

　아침마다 체중계에 오르는 일도 마음을 편치 않게 했다. 체중이 조금 늘어도, 줄어도 불안했다. 지금 돌아보면 참 쓸데없는 걱정이다. 하지만 그때의 나는, 머리로는 과하다는 걸 알면서도 마음이 먼저 반응하고 있었다.

강박과 조급함, 역시 다르지 않다. 모두 두려움에서 비롯된 행동이다. 알면서도 바꾸기 어려운 이유는 그것이 이미 오래된 '습관'이 되었기 때문이다. 어느 책에서 "걱정도 근심도 습관이다"라는 문장을 읽은 적이 있다. 그렇다면 반대로, 평안도 습관이 될 수 있지 않을까.

데일 카네기는 『자기관리론』에서 이렇게 말한다.

"걱정을 해결하는 가장 확실한 방법은 오늘 하루를 충실히 사는 것이다."

과거에 매달리지 말고, 아직 오지 않은 내일을 앞당겨 끌어오지도 말라는 조언이다. 오늘이라는 하루의 테두리 안에서 할 수 있는 일에 집중하라는 말이다.

생각해 보면 우리 세대는 늘 앞날을 걱정하며 살아왔다. 자식 걱정, 건강 걱정, 노후 걱정까지 인생의 반을 훌쩍 넘긴 지금도 걱정은 습관처럼 따라온다. 하지만 남은 시간을 과거의 연장선처럼 불안으로 채울 필요는 없다. 이제는 걱정을 '관리'해야 할 때다.

나는 요즘 아침마다 간단한 스트레칭과 복식 호흡으로 하루를 시작한다. 숨을 깊이 들이마시고 천천히 내쉬는 것만으로도 마음의 속도가 느려진다. 책을 읽으며 생각을 정리하고, 숲길을 걸으며 자연의 리듬에 나를 맞춘다. 자연 앞에서는 쓸데없는 걱정이 얼마나 작은지 알게 된다.

행복과 불행, 기쁨과 근심은 결국 마음먹기에 달렸다는 말은 흔하지만 진리다.

"내면의 안식은 새로운 힘과 삶의 환희를 끊임없이 길어 올릴 수 있는 고요한 바다와 같다."

쓸데없는 걱정은 이 고요한 바다를 흐트러뜨린다. 파도는 외부에서 오는 것이 아니라, 대부분 내 안에서 만들어진다.

이제는 불안이 올라올 때마다 스스로에게 묻는다. "이 걱정이 오늘 당장 해결해야 할 일인가." 대부분은 그렇지 않다. 그러면 잠시 내려놓는다. 데일 카네기의 말처럼, 오늘 하루의 울타리 안에서만 살아보려 애쓴다.

둔감하게 살자고 마음먹었다. 나이가 들수록 약간의 둔함은 오히려 건강한 삶의 기술이다. 그래서 요즘은 떠들썩한 것보다 조용한 것이 좋다. 음악도 잔잔한 발라드가 편하다. 내향적인 기질을 이제는 숨기거나 바꾸려 하지 않는다. 걷고, 읽고, 쓰며 내면을 채우는 지금의 삶은 내향인이기에 가능한 선물이다.

성격에는 좋고 나쁨이 없다. 타고난 기질을 인정하고, 그 안에서 장점을 키우며 약점까지 품고 살아가는 것이 중요하다. 성격을 바꾸려 애쓰기보다, 기질을 이해하고 활용하는 쪽이 훨씬 지혜롭다.

현재의 순간을 충분히 누리되, 그다음에 올 시간을 놓치지 않는 것. 이것이 삶의 기술이다. 노년의 초입에 서니 시간의 유한함이 더 또렷이 느껴진다. 이제는 남을 위해서만이 아니라, 나 자신을 위해 살아야 한다. 하루를 살아도 내면이 충만한 하루여야 한다.

　걱정도 팔자라는 말이 있다. 하지만 팔자도 습관처럼 바뀔 수 있다. 범 불안 증세 역시 충분히 완화되고 극복할 수 있다. 오늘 하루에 집중하며 걱정을 내일로 넘기지 않는 연습을 반복한다면 말이다.

　이제는 변하자. 조금 둔하게, 그러나 더 깊이. 내향인의 장점을 살려 인생 후반부를 차분하고 멋지게 살아가야 하지 않겠는가.

오늘이라는 문 앞에서

　매일 맞이하는 오늘에 대하여 생각해 본다. 퇴직 후의 시간은 이전과 전혀 다른 방향을 지닌다. 출근과 퇴근으로 잘려 나뉘던 하루는 더 이상 시계에 매달리지 않고, 대신 '하루'라는 말 자체가 완전체로 피부에 와닿는다. 하루는 365일의 한 조각이 아니라 내 삶의 작은 우주가 된다. 그래서 문득 궁금해졌다. 하루는 언제 문을 열고, 언제 문을 닫는 것일까.

　새벽이 오면 저녁은 물러가고, 아직 어둠이 완전히 걷히지 않았을 때 또 다른 빛은 조용히 준비된다. 하루는 늘 그렇게 예고 없이 시작된다. 요란한 개막식도, 화려한 조명도 없다. 다만 숨을 고르고 나면 이미 하루의 문 앞에 서 있다. 그리고 저녁이 되어 불을 끄고 나면, 우리는 또 모르게 하루의 문을 닫는다. 하루는 매일 같이 열리고 닫히며, 그 안에서 사람들은 저마다의 삶을 묵묵히 써 내려간다.

　가끔은 이런 생각이 든다. 오늘만큼은 세상의 어떤 것도 나를 흔들지 못하겠다는 마음. 쌓여 있던 걱정과 미뤄두었던 생각들을 잠시 내려놓고, 오직 '오늘'이라는 단어 하나만을 천천히 되새길 때 그런 순간이 찾아온다. 웃음이 오래 머무는 날도 있고, 이유 없이 가슴이 울컥해지는 날도 있다. 특별한 사건이 없어도 감정은 스스로 파도를 만든다. 그럼에도 내일이 오기 전까지 반드시 우리 앞에 놓이는 시간이 있다. 바로 '오늘'이다. 이 평범하고도 귀한 시간을 어떻게 살아내느냐가 결국 삶의 태도를 드러낸다.

사람들은 각기 다른 시간 위에 발을 딛고 산다. 오늘에 온전히 서 있는 사람이 있는가 하면, 내일의 희망을 붙잡고 현재를 견디는 사람도 있다. 또 어떤 이는 지나간 세월을 자주 돌아보며 그곳에 머문다. 어느 쪽이 옳고 그르다고 말할 수는 없다. 다만 어떤 시간을 선택하느냐는 각자의 몫이다. 나는 어제와 내일보다는 오늘을 택하는 삶을 살고 싶다. 후회와 기대 사이에서 흔들리기보다, 지금 손에 쥔 하루를 제대로 느끼며 살아가는 것. 새벽바람이 멀리서 불어올 때, 나는 그렇게 또 다른 하루의 문을 연다.

삶은 곧게 뻗은 길이 아니라 헤매고 돌아서며 비로소 윤곽이 드러나는 과정이다. 어느 날 서점 도서대에서 '헤맨 만큼 내 땅이다'라는 제목의 책을 보았다. 아직 읽지는 않았지만, 제목만으로도 충분히 고개가 끄덕여졌다. 살아보니 그 말은 틀리지 않았다. 돌아간 길, 헛디딘 시간, 잘못 선택한 순간들이 결국 나만의 땅이 된다. 그 땅 위에 지금의 내가 서 있다.

사람은 춥고 배고파 보아야 인생의 맛을 조금이나마 알게 된다.

배를 움켜쥐고 거리를 걸을 때, 우리는 자신에게 묻게 된다. '나는 왜 사는가.' 젊을 때는 바쁨이 그 질문을 덮어 주었지만, 시간이 흐를수록 질문은 더 또렷해진다. 삶이 허하고 고독해야 비로소 성장은 시작된다. 흔들리는 촛불이 꺼지지 않는 이유는, 고독의 바람 속에서도 스스로 빛을 지키려 하기 때문이다.

완벽하지 않은 존재인 인간은 종종 완전함을 꿈꾸며 자신을 괴롭힌다. 늘 변하고 달라지는 존재임에도 불구하고, 지금, 이 모습만은 붙잡아 두려 한다. 하지만 머문다는 것은 때로 안락함이 되지만, 동시에 아무 변화도 일어나지 않는 상태일 수 있다. 삶은 흐르고, 굽이치고, 때로는 범람하기에 삶이다. 가을이 유난히 아름다운 이유도 여기에 있다. 미련을 내려놓고, 스스로를 비워 낼 줄 알기 때문이다.

오늘 나는 얻을 수 없는 것이라면 과감히 내려놓는다. 대신 아주 작은 것이라도 가능성을 찾아 다시 걸어본다. 몸은 예전 같지 않고, 속도는 느려졌으나 방향만은 분명해졌다. 간절히 원하면 하늘도 돕는다는 말을 이제는 조금 다르게 믿는다. 하늘이 돕기 전에, 사람이 먼저 스스로를 포기하지 말아야 한다는 뜻으로.

깊어 가는 가을밤, 이렇게 사유의 글을 쓰며 보내는 하루하루가 정겹다. 성취보다 성찰이, 결과보다 과정이 더 소중해지는 나이. 그래서 어쩌면 우리 세대는 무한한 사유의 세계 속에서 살아가는 법을 배워 가는 중인지도 모른다. 오늘이라는 문을 열고, 다시 닫기까지의 이 짧은 시간 안에 삶의 온기가 깃든다. 내일을 서두르지 않고, 어제를 붙들지 않으며, 오늘을 충실히 살아내는 것. 그것으로 충분한 하루, 충분한 삶이 아닐까 싶다.

제6부

나의 계절도

함께 흐른다

문득 어느 책에서 읽은 글이 스쳤다.

손톱에 든 봉숭아 꽃물은 쉽게 지워지지 않지만,

매니큐어는 금세 지워진다고 한다.

물들어짐과 덧칠의 차이다. 우리는 고운 빛은 깊이 물들고,

잿빛은 얕게 덧칠되기만을 바라지만, 삶은 늘 그 반대로 흘러간다.

겨울의 여백에서
다시 숨을 고르다

아들 가게에 나가려 지하 주차장으로 내려갔는데, 자동차가 꼼짝하지 않았다. 나이 든 벗을 열흘 넘게 세워 두었더니 끝내 움직이지 못하게 된 것이다. 출동 서비스를 불러 배터리를 점화하고서야 달릴 수 있었다. 겨울철에는 움직이지 않으면 우리도 꼼짝하지 못할 수도 있다.

겨울은 침묵의 계절이다. 어둠보다 더 깊은 침묵은, 묵언의 삶이 결코, 가볍지 않음을 일깨운다. 푸른 기운이 솟았던 나뭇잎이 대지 위를 한없이 채우더니 계절은 빈 여백만 남겼다. 넓어진 틈 사이로 찬바람이 한바탕 지나가면 바스러진 갈대는 비명을 지르며 운명의 한계에 몸을 맡긴다.

겨울 깊은 곳에 서 있는 우리의 삶도 그 갈대와 다르지 않다. 가냘픈 몸은 쉽게 부서질 듯 흔들리고, 약해진 마음은 비어 있는 들판처럼 허전하다. 고독해진다는 것은 모두를 내려놓는 일이다. 고독과 외로움은 다르다. 고독은 내가 부르는 것이고, 외로움은 내가 끌려가는 것이다. 고독이 자신과 깊이 만나는 순간이라면 외로움은 누군가를 갈망하는 마음이다.

괴테는 "영감은 오직 고독 속에서만 얻을 수 있다"라고 말했다. 넓은 여백을 펼쳐 보이는 겨울 한가운데서, 잠시 고독 속에 몸을 묻어 보자. 지금 그대는 세상이 성공이라 부르는 돈과 권력과 명예를 갖지 못했다고 한숨 쉬고 있는가. 아니면 눈 내리는 차디찬 겨울 들판에 서서, 고독과 정면으로 마주하고 있는가.

자아가 병들고 나약해지면 자신과 세상을 바라보는 시선은 왜곡될 수밖에 없다. 모두가 가는 길은 언제나 시끄럽고 다툼이 끊이지 않는다. 그러나 아무도 가지 않은 길 어딘가에는 황금 맥이 숨어 있다. 사람들은 문득 이런 질문을 던진다. 나는 누구인가. 나는 무엇 때문에 괴로워하는가. 영겁의 우주에서 무슨 인연으로 이 작은 지구까지 오게 되었을까.

아무리 사색해도 쉽게 답할 수 없는 질문 앞에서 우리는 종종 슬픔에 잠긴다. 하지만 산다는 것은 애잔할수록 오히려 더 아름답다. 삶은 늘 찬란하지 않기에, 한밤의 별처럼 잠깐씩 빛나고, 호수 위 윤슬처럼 순간순간 반짝인다. 대상을 바라보는 방식을 바꾸면 대상 또한 달라진다고 했다. 내 삶의 주체는 나 자신이기에, 끌려가는 삶이 아닐 때 비로소 나는 살아 있음을 느낀다. 모든 만물이 잠들어 생겨난 겨울의 여백 속에, 고독한 상심을 천천히 채워 보자.

오래된 어항의 여과기가 제 역할을 하지 못해 물이 흐려졌다. 금붕어들이 숨이 막힐 듯 위태로워 보였다. 아들과 함께 수족관 전문

매장을 찾았다. 붉은 꽃잎 같은 열대어들이 넓은 수조 속에서 강물처럼 유유히 헤엄치고 있었다. 그 모습을 보며 생각했다. 혹시 우리도 더 넓은 세상을 모른 채, 수족관 속 물고기처럼 아무 생각 없이 갇혀 살아가고 있는 것은 아닐까.

집으로 돌아와 낡은 여과기와 공기통을 새것으로 교체했다. 깨끗한 물을 채우고 정화액을 뿌리자, 물은 금세 맑아졌다. 물고기들은 다시 힘을 얻은 듯 활기차게 움직였다. 우리 또한 무기력에서 벗어나려면, 삶의 낡은 여과기와 공기통을 바꾸어야 한다. 오래된 생각, 습관, 두려움을 내려놓고 새로운 숨을 들여와야 한다.

"동짓달 기나긴 밤을 한 허리 베어내어 / 춘풍 이불 아래 넣었다"는 황진이의 시구처럼, 동짓달도 깊은 침묵 속에 지나갔다. 오라 가라 하지 않아도 계절은 묵묵히 오고 또 간다. 여백을 활짝 펼친 고독한 겨울밤에, 우리는 낡은 공기통을 비워 낸다면 새롭게, 또 새롭게 태어날 수 있다.

고독과 책과 사색을 벗 삼아, 텅 빈 마음을 단단히 다잡아 보자. 언제나 감사하는 마음으로, 다시 움트는 따스한 계절을 꿈꾸면서.

청춘은 지나가고, 삶은 준비된다

　작년에 쓰고 아파트 창고에 넣어 두었던 성탄 트리를 꺼내 아들 돈가스 가게 한쪽에 세웠다. 아직은 조금 이른 계절 같았지만, 트리를 세우는 손길에는 묘한 설렘이 섞여 있었다. 해마다 반복되는 일인데도, 계절은 늘 새롭게 다가온다. 어느새 한 해는 가장 높은 지점을 향해 흐르고 있었고, 우리는 그 흐름을 의식하지 못한 채 하루를 살고 있었다.

　가게 직원들이 분주히 손님 맞을 준비를 하는 모습을 보고 호수공원으로 발길을 옮겼다. 빠르게 걷다 뛰기를 반복하며 숨을 고르는데, 산책로 저편에서 휠체어를 탄 어르신들이 줄지어 지나갔다. 요양보호사의 안내를 받으며 천천히 이동하는 모습이었다. 주간보호센터 어르신늘의 가을 나들이인 듯했다. 선선한 바람과 따스한 햇볕이 그분들의 어깨 위로 내려앉았다. 그 풍경은 조용했지만 평화로워 보였다.

　굽어진 산길을 잠시 맨발로 걷고, 축구장 아래쪽으로 내려오자, 어디선가 노랫소리가 들려왔다. 어르신들이 한곳에 모여 요양보호사들과 함께 시간을 보내고 있었다. 돗자리가 깔리고, 작은 스피커에서 흘러나오는 반주에 맞춰 노래가 이어졌다. 그 모습을 보니 요양원에 계신 장모님이 떠올라 한참을 그 자리에 서서 지켜보게 되었다.

진행자는 어르신들 한 분 한 분에게 노래를 권했다. 소녀처럼 부끄러워 손사래를 치는 할머니도 계셨고, 흥이 오르자 "한 곡 더 하지요" 하며 웃는 할아버지도 계셨다. 요양보호사가 먼저 선창하면 어르신들이 따라 불렀다. "동백 아가씨", "섬마을 선생님" 같은 옛 노래가 흘러나오자, 표정이 달라졌다. 모두가 잠시 그 시절로 돌아간 듯했다. 노래는 기억을 깨우고, 기억은 사람을 다시 젊게 만들었다.

한 할머니가 애잔한 노래를 한 곡 부르자, 진행자가 웃으며 말했다. "처녀 때 머시마들이 많이 따랐지요?" 그 말에 할머니는 소녀처럼 얼굴을 붉히며 수줍어했다. 그 광경을 보며 생각했다. 저분들에게도 윤슬처럼 반짝이던 청춘이 있었음을, 사랑하고 설레고 꿈꾸던 시간이 분명히 있었음을. 청춘은 특별한 누군가에게만 주어지는 것이 아니다. 다만 시간이 지나면 모두의 손에서 조용히 빠져나갈 뿐이다.

우리는 정신없이 세상을 살아간다. 앞만 보고 달리다 문득 고개를 들면, 어느새 거울 속에는 은빛 백발이 늘어 있다. 어르신들의 청춘도 그렇게 멀어졌을 것이다. 그러나 그 모습이 결코 쓸쓸하거나 어둡게만 느껴지지는 않았다. 함께 웃고, 노래하며 계절을 즐기는 그 시간 속에서 노년은 또 다른 삶의 장면으로 존재하고 있었다.

요양원이나 주간보호센터는 '마지막 공간'이 아니라, 도움을 받으며 삶을 이어가는 또 하나의 생활 무대다. 그곳에서도 웃음은 피어나고,

노래는 울려 퍼진다. 누군가는 휠체어에 앉아 있지만, 그 마음까지 앉아 있는 것은 아니다. 어떻게 살 것인가는 여전히 각자의 몫이다.

문제는 노년 그 자체가 아니라, 준비되지 않은 노년이다. 우리는 늙는다는 사실을 자주 잊고 산다. 아니, 애써 모르는 척하며 살아간다. 하지만 순간순간 우리 또한 슬금슬금 그 길에 다가가고 있다. 지금의 우리 세대는 미래의 노년을 결정짓는 중요한 시기를 살고 있다. 오늘의 몸 관리, 오늘의 마음가짐, 오늘의 생활 습관이 훗날의 삶의 질을 만든다.

눈앞의 이 장면은 나에게 분명한 일깨움을 주었다. 저 모습이 먼 이야기만은 아니라는 것. 어쩌면 머지않아 우리의 풍경일지도 모른다는 것. 그래서 지금이 중요하다. 지금 걷고, 지금 읽고, 지금 쓰는 삶이 중요하다. 몸을 움직이고, 사람을 만나고, 마음을 관리하는 일이 중요하다. 노년의 삶도 내가 어떻게 준비하고 생각하느냐에 따라 충분히 즐겁고 멋있을 수 있다.

청춘도 세월도 소리 없이 이슬처럼 사라져 간다. 붙잡을 수는 없지만, 맞이할 준비는 할 수 있다. 다음 주에는 요양원에 계신 장모님을 찾아뵐 생각이다. 그리고 그다음 주에도, 또 그다음에도 나 자신의 삶을 조금 더 단단히 돌볼 생각이다. 미래의 나를 위해, 지금의 나를 소중히 관리하는 것. 그것이 오늘의 이 풍경이 내게 건네준 가장 분명한 메시지였다.

봄은 앞서가고,
마음은 천천히 걷는다

　봄은 가까이 와 있는데, 마음은 도무지 계절을 따라오지 못하는 날이 있다.

　나에게 오늘이 그런 날이다. 창밖의 햇살은 어제보다 분명히 밝아졌고, 공기에는 겨울의 매서움 대신 흙냄새와 풀내음이 섞여 있다. 계절은 앞으로 나아가고 있는데, 내 마음만 제자리에서 맴도는 날. 이유를 알려는 질문은 오히려 마음을 더 무겁게 만든다. 왜 우울한지 모르겠다는 사실이, 가장 큰 슬픔이 되기도 한다.

　우리는 이런 날이면 괜히 자신을 타박한다. '이순(耳順)에 아직도 흔들리나.'

　하지만 삶은 나이를 먹는다고 저절로 단단해지지 않는다. 시간이 쌓일수록 마음의 주름도 함께 늘어난다. 회한은 쌓이고 책임은 무거워진다. 그러니 아무 이유 없이 마음이 처지는 날이 있다고 해서 이상할 것도, 숨길 일도 아니다.

　오늘 나는 일찍 잠자리에 들었다. 몸은 누웠지만 마음은 쉽게 잠들지 않았다. 잡념인지 상념인지 모를 생각들이 꼬리에 꼬리를 물고 이어졌다. 이미 지나간 기억들이 불쑥 튀어나오고, 굳이 하지 않아도 될 반성과 후회가 뒤따랐다. 해결책이 없는 생각들은 대체로 밤에 찾아온다. 어둠은 생각을 키우고, 침묵은 마음의 소리를 증폭시킨다.

그래도 이런 날이 있다는 사실 자체가 삶이라는 생각이 들었다. 하루하루가 매일 또렷하고 의욕적일 수는 없다. 사람은 하루에도 몇 번씩 잘난 사람이 되었다가, 한없이 초라한 사람이 된다. 아침의 다짐이 저녁의 벽 앞에서 무너지는 것이 인간이다. 부처님 손바닥을 벗어나지 못하는 손오공처럼, 우리는 늘 같은 자리에서 조금씩 날뛰고, 또 가라앉는다.

삶이 크게 변하지 않는다는 사실도 우울을 키운다. 그날이 그날 같고, 해가 바뀌어도 별반 달라진 것이 없어 보인다. 하지만 곰곰이 생각해 보면, 삶은 원래 그렇게 천천히 변한다. 큰 것보다 작은 습관이 사람을 바꾼다. 하루아침에 우뚝 서는 일은 거의 없다. 대신 아주 작은 변화들이 쌓여 어느 날 문득, '그래도 나는 여기까지 왔구나' 하고 돌아보게 만든다.

그래서 마음이 처지는 날에는 큰 결심 대신 사소한 것을 하나 바꿔본다. 걷는 속도를 조금 늦추거나, 말수를 줄이는 것. 남의 삶을 평가하느라 쓰던 에너지를 내 하루를 지키는 데 쓰는 것.

아무리 떠들어봐야 상대를 바꾸지 못하고, 결국 나만 갉아먹는다. 흔히 세상에는 바꿀 수 없는 것이 두 가지 있다고 했다. 지나간 시간과 타인이다. 이 단순한 진실을 받아들이는 데 우리는 너무 많은 세월을 쓴다. 나와 타인은 본질적으로 다르다. 그와 나는 사막과 바다만큼 다르다. 그 차이를 간과할 때 갈등이 생기고, 분노가 쌓인다. 못 본 척하는 것, 흘려보내는 것 역시 하나의 지혜다.

정치판을 바라보면 인간의 민낯이 고스란히 드러난다. 사람보다 이익이 앞서고, 명분보다 감정이 앞선다. 그 모습을 보며 분노하기보다, '아, 인간이란 원래 저렇지' 하고 한발 물러서면 된다. 세상살이가 아이들 장난처럼 느껴질 때도 있지만, 그 와중에 나를 지켜주는 것은 결국 나만의 기준과 신념이다. 굳건한 신념은 떠들지 않는다. 조용히 중심을 잡아줄 뿐이다.

누군가는 나이 들수록 늘려가야 할 네 가지가 감사, 응원, 운동, 독서라고 했다. 고개가 끄덕여졌다. 감사는 마음을 부드럽게 하고, 응원은 관계를 살리고, 운동은 몸을 지켜주며, 독서는 생각을 늙지 않게 한다. 우울한 날일수록 이 네 가지를 더 의식적으로 붙잡아본다. 거창하지 않아도 된다. 오늘 걸을 수 있음에 감사하고, 누군가의 수고에 짧게 응원하며, 몸을 움직이고, 책을 펴는 것이다.

책을 읽었다면 표시가 나야 한다는 생각을 자주 한다. 그 표시는 지식의 양이 아니라 태도의 변화일 것이다. 나를 있는 그대로 받아들이는 것, 남은 남이기에 그냥 두는 것. 화내지 말고, 차분한 마음으로 눈과 귀를 잠시 닫는 연습. 꼴 보기 싫은 말과 행동 앞에서 허허 웃고 넘어갈 수 있는 여유.

마음이 가라앉는 날은 우리는 자신에게 너무 많은 것을 요구한 날일지도 모른다. 하지만 그날의 최선은 '그저 버텨내는 것'밖에는 없다. 일찍 잠자리에 들고, 생각을 종이에 끄적이며 하루를 마무리한 것만으로도 충분하다.

봄은 결국 온다. 마음이 먼저 오지 않아도 괜찮다. 계절이 한발 앞서 길을 내주면, 마음은 조금 늦게 따라가면 된다. 이유 없는 우울과 말 없는 외로움은 나만의 결함이 아니다. 그것이 모두의 시간임을 깨닫는 순간, 우울은 더 이상 나를 버리지 못한다. 오늘은 오늘로 접어 두자. 내일은 또 다른 하루가, 아무 일 없다는 듯 새로 시작될 것이다.

내가 묻고 내가 답하는 질문들

사월도 중순을 넘기며, 봄은 더 이상 예고가 아니라 확연한 현실이 된다. 새벽 숲으로 돌아와 분주하게 지저귀는 새소리, 깊은 밤의 적막을 가르며 울어대는 소쩍새의 울음은 계절이 이미 봄의 한가운데임을 알린다. 그날이 그날 같은 하루를 살고 있는 듯해도, 계절은 한 치의 망설임도 없이 제 갈 길을 간다. 인생도, 세월도 그렇다. 정신을 차려보면 강물처럼 흘러간 시간 위에 내가 서 있고, 어느 순간 나이 듦 앞에서 스스로 놀라게 된다.

우리는 흔히 묻는다. 나는 과연 행복한가. 행복은 지극히 주관적인 감정이라고들 한다. 같은 조건, 같은 환경 속에서도 누군가는 충만함을 느끼고, 누군가는 결핍을 느낀다. 그렇다면 행복은 외부 조건의 문제가 아니라 마음의 태도에 달린 것일까. 만약 그렇다면, 나는 내 삶을 향해 어떤 마음을 가지고 있는가. 이미 가진 것에 감사하는 마음인가, 아니면 아직 갖지 못한 것에 대한 결핍의 시선인가.

주체적인 삶을 살지 못하면 가난한 삶이라는 말이 있다. 여기서 말하는 가난은 물질의 문제가 아니다. 생각하지 않고 선택하지 않으며, 스스로 결정하지 않는 삶의 빈곤을 뜻한다. 남이 정해준 기준에 맞추어 움직이고, 세상의 평가에 자신의 가치를 맡겨 버리는 순간, 삶의 주도권은 내 손을 떠난다. 그렇다면 나는 내 삶의 결정권자로 살고 있는가. 아니면 익숙한 흐름에 몸을 싣고 그냥 흘러가고 있는가.

젊었을 때는 돈을 잘 벌고, 승진하고, 남들보다 앞서 나가는 것이 성공이고 최고의 삶이라 믿었다. 그것은 틀린 생각이라기보다, 그 시절에 가장 설득력 있어 보였던 가치였다. 지금도 물질의 세계를 부정하지는 않는다. 다만 삶의 무게중심이 조금씩 이동했음을 느낀다. 이제는 '얼마나 많이 가졌는가'보다 '어떻게 살고 있는가'가 더 자주 마음을 두드린다. 정신적으로 부유한 사람, 마음의 여백을 가진 사람이 되고 싶다는 바람이 커졌다.

삶에 대한 깊은 성찰과 아름다움에 대한 추구가 있어야 비로소 정신적인 만족이 온다고 한다. 그렇다면 성찰이란 무엇일까. 그것은 거창한 철학적 사유가 아니라, 하루를 마무리하며 잠자리에 들 때 자신에게 던지는 몇 개의 질문일지도 모른다. 오늘 나는 왜 웃었는가. 무엇 때문에 불편했는가. 그 감정의 뿌리는 어디에 있는가. 이런 질문을 외면하지 않고 들여다보는 용기, 그 용기가 삶을 조금씩 단단하게 만든다.

세상에 폼잡는 사람은 많지만, 향기 있는 사람은 드물다고 한다. 겸손은 스스로를 낮추는 기술이 아니라, 자신을 과장하지 않는 태도다. 자신이 얼마나 모르는지를 아는 사람, 타인의 삶을 쉽게 재단하지 않는 사람에게서 묵묵한 향기가 난다. 나 역시 그런 사람이 되고 싶은지, 아니면 잠시 반짝이는 허상에 마음을 빼앗기고 있는지 자문해 본다.

가치를 따질 수 없는 일에 몰두하며 시간을 허비하는 만큼 어리석은 것도 없다는 말은 날카롭다. 우리는 종종 중요하지 않은 일에 온 힘을 쏟고, 정작 중요한 것은 미뤄둔 채 산다. 바쁜 하루 속에서 '왜 살고 있는가'라는 질문은 사치처럼 느껴질지도 모른다. 그러나 그 질문을 완전히 놓아버리는 순간, 삶은 방향을 잃는다. 방향 없는 성실함은 결국 소진으로 이어진다.

그러므로 모든 일에 고개를 끄떡이며 동의하지 말고, 의문을 품고 질문하는 삶을 살아야 한다. 질문은 불평이 아니라, 삶을 더 나은 쪽으로 이끄는 힘이다. 왜 이것을 해야 하는지, 왜 이렇게 살아야 하는지 묻는 사람만이 자신의 길을 조금씩 만들어 간다. 그 길은 남들과 다를 수 있고, 때로는 느릴 수도 있다. 하지만 적어도 그 길은 '나의 길'이다.

이 모든 질문에 명확한 답을 가지고 사는 사람은 많지 않을 것이다. 나 역시 대부분의 질문 앞에서 여전히 물음표를 달고 있다. 다만 분명한 것이 하나 있다면, 그렇게 살려고 애쓰는 나 자신에게 감사할 수 있다는 점이다. 완벽하지 않아도, 흔들리더라도, 생각을 멈추지 않으려는 태도 자체가 이미 삶을 존중하고 있다는 증거이기 때문이다.

그래서 오늘도 감사하자고 다짐한다. 특별해서가 아니라, 살아 있다는 사실 하나만으로도 충분히 기적 같은 하루이기 때문이다. 봄이 깊어 가는 것을 알아차릴 수 있는 감각이 아직 내 안에 남아 있다는 사실, 그 사실 하나만으로도 오늘은 충분히 잘 살아낸 하루가 아닐까.

여름밤, 여천천에 물든
마음의 색깔

　전·의경 경우회 남부지회 방범 봉사 활동이 있는 날이다. 여름 해는 늦게까지 기세가 꺾이지 않는다. 오후 시간에 맞춰 여천천을 걷기에는 뜨거운 햇살이 먼저 마음을 눌렀다. 그렇다고 하루의 걷기를 포기할 수는 없었다. 생각 끝에 '돌아오는 길에 걷자'고 마음을 정했다. 퇴근 시간과 겹친 버스는 예상대로 길 위에서 자꾸만 멈춰 섰다. 그래도 봉사 시간에 겨우 도착했다는 안도감이 먼저 들었다.

　봉사 활동의 좋은 점은 보람은 두더라도 사람을 만난다는 데 있다. 오늘도 처음 보는 후임 기수와 인사를 나눴다. 몰랐던 한 사람을 알게 되는 일은 늘 작은 인연 하나를 더 얻는 기분이다. 경우회에 참석하면 시계추가 한꺼번에 수십 년을 거슬러 오른다. 까마득한 기억 저편에서 전경 제복을 입고 서 있던 젊은 날의 얼굴들이 또렷이 떠오른다. 그 시절의 긴장과 열기, 이유 없이 뜨거웠던 마음까지 함께 되살아난다. 세월은 흘렀지만, 몸 어딘가에는 여전히 그때의 시간이 남아 있는 듯하다.

　순찰을 마치고 콩국수로 저녁을 함께했다. 더운 날씨 탓인지 시원한 국물이 유난히 고마웠다. 식사를 마친 뒤 공업탑까지 태워주겠다는 배려를 사양했다. 걷기로 마음먹은 날이었고, 무엇보다 여천천 변을 그냥 지나치고 싶지 않았다. 낮 동안 쌓인 열기는 아직 가시지 않았지만, 뜨거운 태양 빛이 사라진 자리에는 걸을 만한 여름밤의 공기가 내려앉아 있었다.

작가들은 산책을 하며 사색에 잠긴다고 한다. 하지만 나는 아직 그 경지에는 이르지 못했다. 걷는 동안 생각은 이리저리 흩어지고, 마음은 자주 현실로 되돌아온다. 아마 책 읽기와 삶의 경험이 더 차곡차곡 쌓이면, 걷다가 문득 깊은 생각에 잠기는 날도 오지 않을까. 그런 날을 은근히 기다리며 발걸음을 옮겼다.

걷다가 어머니께 전화를 드렸다. 푹푹 찌는 날씨에 장사가 잘되지 않을까, 손자 가게를 먼저 걱정하신다. 손님은 뜸해도 곧 나아질 거라며 걱정을 덜어드렸다. 다음 주에 부산 형님이 보청기 업체에 모시고 가려고 한다는 말씀도 드렸다. 그러나 어머니는 단번에 가지 않겠다고 하셨다. 자식들을 힘들게 한다는 게 이유였다. 전화기를 내려놓고 형님에게 사실을 전하니, 그래도 꼭 모셔야 한단다. 어머니의 마음과 큰형의 생각이 서로 엇갈리는 지점에서 나는 잠시 멈춰 섰다. 누구의 말이 옳다고 단정할 수 없는 자리, 그 난감함이 여름밤의 공기처럼 묵직하게 내려앉았다.

한참을 걸었을까. 교각 아래에서 분수대가 모습을 드러냈다. 빨강, 주홍, 노랑의 빛이 물줄기 위에서 춤을 췄다. 치솟는 물 위로 색깔이 뿌려질 때마다 여름밤이 환해졌다. 움직이는 무지개를 한동안 말없이 바라보았다. 세상도 저렇게 고운 빛으로만 채워지면 좋으련만, 현실은 잿빛이 더 많은 날들로 이어진다.

문득 어느 책에서 읽은 글이 스쳤다. 손톱에 든 봉숭아 꽃물은 쉽게 지워지지 않지만, 매니큐어는 금세 지워진다고 한다. 물들어짐과 덧칠의 차이다. 우리는 고운 빛은 깊이 물들고, 잿빛은 얕게 덧칠되기만을 바라지만, 삶은 늘 그 반대로 흘러간다. 기쁜 기억보다 걱정과 근심이 더 오래 남고, 사랑은 쉽게 바래는 것처럼 느껴질 때가 많다.

어둑해진 도심의 하천변을 천천히 걸어 집으로 향했다. 물가를 따라 이어진 산책로에는 낮과는 다른 정취가 흐르고 있었다. 낮의 소란을 씻어낸 듯한 물소리, 가끔 스치는 바람, 드문드문 지나가는 사람들의 발걸음 소리가 밤을 채웠다. 여름밤의 물가는 그렇게 조용히 하루를 정리해 주었다.

집에 도착하니 아내가 먼저 와 있었다. 오빠와 동생과 함께 요양원에 계신 장모님을 뵙고 돌아오는 길이었다. 이제는 요양원이 더 편안하다고 하셨다는 말에, 더욱 가슴이 아렸다고 한다. 대신 해줄 수 없는 엄마를 향한 자식들의 마음은 잿빛이다.

아는지 모르는지, 인생과 세월은 그런 마음들을 남겨둔 채 하염없이 흘러간다. 여름밤 여천천을 따라 걸으며, 나는 그 흐름을 잠시 옆에서 바라보았을 뿐이다. 다만 오늘 하루만큼은, 물 위에 번지던 고운 빛들이 오래 마음에 남아 있기를 바랐다.

연꽃이 피는 여름,
이주민의 시간이 잠긴 곳

지난달에 예약해 두었던 '회야호 생태습지 탐방' 날이다. 아침 일찍 내비게이션을 '자암서원'에 맞추고 아내와 함께 길을 나섰다. 한여름답게 햇살은 일찌감치 기세를 올렸지만, 통천리 회야댐으로 향하는 길은 뜻밖에도 한적했다. 수몰지구 특유의 고요한 풍경이 펼쳐졌고, 물과 산이 어우러진 모습은 마치 한 폭의 수채화 같았다.

현장에는 50여 명의 신청자들이 모여 있었다. 생태 해설사의 간단한 설명을 들은 뒤, 우리는 몇 개 조로 나뉘어 탐방을 시작했다. 잘 정돈된 탐방로를 따라 걷는 동안, 해설사의 차분한 목소리가 여름 숲의 숨결과 어우러졌다. 이곳은 40여 년 전까지만 해도 사람들이 실제로 살아가던 마을이었다고 한다. 설명을 듣는 순간, 사라진 집들의 담장 너머에서 이웃들이 오가며 나누었을 소담한 웃음소리와 수다가 귓가에 어른거렸다.

그 시절 이곳에 살던 사람들은 옥동으로, 무거동으로, 또 구영지구로 뿔뿔이 흩어졌다. 흐르는 강물은 마을을 삼켰고, 사람들의 삶터를 갈라놓았다. 아이러니하게도, 잘살기 위해 만든 댐이 또 다른 누군가를 내쫓은 셈이다. 우리는 늘 더 나은 삶, 더 큰 꿈을 말하며 살아가지만, 그 이면에는 이렇게 밀려나야 했던 사람들의 시간이 켜켜이 쌓여 있다. 수십 년의 세월이 흐른 지금, 마을의 형태는 거의 남아 있지 않다. 다만 '자암서원'이라는 한 채의 주택만이 그 시절의 흔적처럼 자리를 지키고 있었다.

2010년에는 마을 공동 우물터를 복원했다고 한다. 우물은 옛 기억을 품고 있는지 알 수 없지만, 철제 뚜껑은 굳게 닫혀 있었다. 나는 그 우물가에 모여 밥을 짓고, 빨래를 하며, 이런저런 이야기를 나누던 동네 아낙네들의 모습을 떠올려 보았다. 웃음과 한숨, 계절의 소식이 오갔을 그 우물은 이제 말을 잃고, 시간의 바닥에 가만히 잠겨 있다.

해설사는 지붕 처마 높이를 훌쩍 넘길 것 같은 키가 큰 모과나무 아래에서 걸음을 멈추었다. 이 나무는 예전에 누군가의 집 마당에 서 있던 것이라고 했다. 집은 사라졌지만, 나무는 그 자리에 그대로 남아 있었다. 언젠가 친족들이 이 모과나무를 다시 마주한다면, 가슴 한쪽이 먹먹해지지 않을까. 뿌리를 내린 자리에서 묵묵히 세월을 견뎌온 나무는 사람보다 오래 기억하는 존재처럼 보였다.

탐방은 계속되었다. 칡넝쿨 잎의 작용, 때죽나무의 효능에 대한 설명이 이어졌다. 한때 벼를 심고 추수를 하던 들판은 이제 나무와 풀들로 가득 차 있어, 논의 흔적조차 찾기 어려웠다. 모든 것은 강물이 품고 흘러가 버린 듯했다. 기억도, 삶도, 그렇게 저편으로 흘러가고 있었다. 평소에는 출입이 제한된 곳이기에, 우리는 주변 하나라도 놓치지 않으려 발걸음을 늦추며 천천히 걸었다.

이윽고 16만 평방미터에 이르는 넓은 연꽃 단지가 모습을 드러냈다. 시야가 탁 트이자, 모두의 입에서 감탄이 흘러나왔다. 다만 연꽃은 듬성듬성 피어 있었고, 아내는 "조금만 일찍 왔으면 더 좋았을 텐데" 하며 아쉬움을 전했다. 연꽃과 다양한 수생 식물들이 물을 정화해, 우리가 마시는 깨끗한 수돗물이 만들어진다고 한다. 자연은 인간과 동물, 식물이 서로 기대고 연결되며 유지된다. 각자가 살아남기 위해 몸부림치는 이기심조차, 결국은 이타적인 순환으로 이어진다. 우리가 자연을 사랑하고 보살펴야 하는 이유를 다시 한번 생각하게 되었다.

연꽃 단지 주변 그늘에 앉아 준비해 간 복숭아 한 조각을 입에 넣었다. 달큰한 과즙이 더위에 지친 몸을 잠시 식혀 주었다. 뙤약볕 아래에서 저 넓은 연꽃 단지를 과연 끝까지 돌아야 할지 망설임도 생겼다. 여기서도 전체가 훤히 내려다보이는데, 굳이 더 걸어야 할까. 하지만 마음대로 올 수 없는 곳이라는 생각이 들자, 결국 돌아보기로 했다. 냉방기를 켜둔 거실에 누워 있다면 신선이 따로 없을 텐데, 그래도 스스로 택한 고행이기에 그 안에 은근한 기쁨이 배어 있었다.

테크를 따라 연꽃밭을 한 바퀴 돌며 사진을 찍고, 활짝 핀 연꽃의 속살을 유심히 들여다보았다. 연분홍 꽃잎 안쪽에는 벌집처럼 생긴 연밥이 자리하고 있었고, 신비로운 꽃술들이 은근한 아름다움을 더했다. 소설가 김훈은 산문집에서 "연꽃은 아름답지만, 사람을 유혹하지 않는다"라고 썼다. 화려하지만 요란하지 않고, 단정한 여인처럼 사람의 마음을 들뜨게 하지 않는 꽃. 그 말이 이 여름 연꽃 앞에서는 사실처럼 와닿았다.

두 시간 남짓한 탐방을 마치고 우리는 연잎 꽃차와 기념 타월을 선물로 받았다. 땀에 젖은 몸으로 탐방로를 나서며, 마음만은 한결 맑아진 느낌이었다. 수몰지구에 남은 사람들의 애잔한 기억과, 여름 햇살 아래 피어난 연꽃의 청정함이 묘하게 겹쳤다. 50대를 지나고, 60대를 맞은 우리 세대에게 여름은 늘 그런 계절이 아닐까. 뜨겁고, 지치고, 그만큼 많은 기억을 품은 시간.

연꽃처럼 깨끗한 마음으로 하루를 온전히 누릴 수 있었던 오늘이 고맙다. 언젠가 이 여름을 다시 떠올릴 때, 회야호의 물빛과 연꽃, 그리고 사라진 마을의 이야기가 함께 떠오르길 바라며 천천히 발걸음을 돌렸다.

겨울 바다의 사유

　현직에서의 인연으로 두 달에 한 번씩 만나는 모임에 아내와 함께 갔다. 회원들은 두 차에 나누어 한곳에 모여 이동해 왔고, 우리는 버스를 타고 진하바닷가로 향했다. 아내는 두꺼운 패딩을 입으라고 했지만, 나는 얇은 점퍼 차림이었다. 정류장에 서자마자 후회가 밀려왔다. 어제의 따뜻함만 떠올린 판단이었다.

　하루하루 달라짐을 나는 아직도 쉽게 넘긴다. 계절의 변화도, 몸의 반응도, 변화를 가볍게 여기는 이 태만함을 오늘도 또 마주한다. 나이가 들면 아는 것이 더 많아질 줄 알았는데, 정작 익숙해지는 것은 이런 방심인지도 모르겠다.

　진하에서 회원들을 만나 먼저 서생포왜성을 둘러보기로 했다. 아내와 벚꽃이 흐드러지게 피는 봄날에 이곳을 오르곤 했는데, 오늘은 겨울이었다. 문화해설사 두 여성이 밖으로 뛰어나와 반갑게 맞으며 어디서 왔는지를 물었다. 겨울철이라 방문객이 많지 않아 더욱 반가웠던 모양이다.

　해설사는 왜성 이야기를 차분히 풀어 놓았다. 파죽지세로 밀려오던 왜군의 기세가 점차 꺾이며 수세에 몰리자, 전선 방어를 위해 남해안 곳곳에 왜성을 쌓았다고 했다. 울산왜성과 더불어 이곳 서생포왜성이 그 시작점이라고 했다. 역사는 언제나 현재의 발밑에서 말을 건다. 우리는 아픈 역사의 교훈을 되새기며 성으로 걸어 올랐다.

그 숙연함을 알기라도 하듯 차가운 바람이 성벽을 훑고 지나갔다. 400여 년 전, 이 길을 따라 일본군이 밀고 올라왔을 것이다. 성을 쌓기 위해 수많은 사람의 생사가 오갔을 것을 생각하니 발걸음이 무거워졌다. 화사한 봄보다, 오히려 이 겨울의 왜성이 내 마음을 더 깊이 붙잡았다. 앙상한 나무와 빙 둘러 처진 성벽의 돌담은 꾸밈 없이 역사의 얼굴을 드러내고 있었다.

적의 요새를 둘러보았다는 씁쓸함을 안고, 미로 같은 성곽을 뒤로하며 우리는 예약해 둔 간절곶 횟집으로 이동했다. 차를 나누어 타고 가는 동안 창밖으로 보이는 겨울 바다는 낮고 묵직했다. 차가운 날씨가 오히려 우리들의 마음을 맑게 했다.

방어회와 뜨끈한 물메기탕이 차가운 몸을 풀어 주었다. 바다를 바라보며 식사하는 아내들의 표정이 환했다. 남편들은 그 모습을 바라보며 흐뭇함을 더했다. 아내가 기쁘고 즐거우면 남편들은 더 행복해진다는 것을 알게 되는 나이일까. 오늘 하루만 그런 깨달음으로 끝나지 않기를 바라는 마음이다.

간절곶을 차로 한 바퀴 돌고 다시 진하해수욕장에 들렀다. 가까이 있어 자주 온 곳이지만, 처음이라는 이들도 있었다. 여행은 거리보다 시선의 문제라는 생각이 들었다. 겨울 바다는 황량해서 좋다.

텅 빈 풍경은 사유가 머물 자리를 넓혀준다. 사람도, 풍경도 비워질수록 본질이 드러난다.

겨울 바다는 인생의 깊은 맛과 닮았다. 화려함보다는 묵직함으로 다가와 우리를 사유 속으로 데려간다. 봄과 여름, 가을만이 계절이 아니듯, 인생의 겨울 또한 충분히 아름다울 수 있다는 생각이 들었다. 속도를 늦추고, 욕심을 덜어내고, 남아 있는 것을 음미하는 시간. 어쩌면 지금 우리가 배워야 할 계절은 바로 겨울인지도 모른다.

명선도를 둘러보고 방어진 출렁다리로 향했다. 석유화학 공단을 지날 때 아내들이 말했다. 같은 도시에 살면서 산업 수도다운 풍경은 처음 본다고. 우리는 먼 곳보다 오히려 가까운 곳을 더 멀리할 때가 많다. 익숙함은 편안하지만, 동시에 시야를 좁힌다. 이제는 익숙함에 머무르기보다 낯섦을 의식적으로 찾아야 할 때가 아닐까.

출렁다리를 건너 대왕암을 걸었다. 겨울에는 한산할 거라는 예상과 달리 방문객이 많았다. 바다와 바람은 계절을 가리지 않고 사람을 불러 모은다. 철 난간에는 초등학생들이 지은 시가 전시되어 있었다. 어른들은 쉽게 쓰지 못할 문장들이 가지런히 서 있었다 짧고 단순한 문장 속에 삶의 핵심이 담겨 있었다. 나는 몇 편을 사진으로 남겼다. 언젠가 글을 쓰는 나에게 분명히 말을 걸어올 문장들일 것이다.

해가 솔밭 너머로 기울자, 마지막 식사 장소로 향했다. 내가 사는 울산에서 보낸 하루였지만, 먼 곳을 다녀온 듯한 기분이 들었다. 익숙한 곳을 낯설게 바라볼 수 있었던 오늘은 특별한 날로 오래 남을 것 같다.

우리의 겨울 여행은 젊은 날의 여행과 다르다. 많이 보려 하지 않고, 빨리 움직이려 하지도 않는다. 대신 한 장면에 오래 머물고, 한 생각을 깊이 붙든다. 왜성 앞에서 역사를 생각하고, 겨울 바다 앞에서 자신의 시간을 돌아보는 여행. 떠남보다 사유가 중심이 되는 이런 여행이야말로, 인생의 다음 계절을 준비하는 가장 따뜻한 방법이 아닐까.

제7부
나를 단단하게
만든 사람들

남루한 옷차림과 달리, 그는 완전히 무너진 사람은 아니었다.
가정이 있다는 사실이 그래도 따스한 위안처럼 느껴졌다.
순간의 판단 오류로 수십 년을 원망 속에 살아온 이 남자에게,
언젠가 해 뜰 날이 오기를 마음속으로 빌었다.

법정에서 마주한 얼굴

　개인회생 채권자 집회에 참석했다. 돌이켜보면 3년 전, 나는 너무나 인간적인 얼굴에 홀린 사람이었다. 사업자금이 모자란다며 고개를 숙이던 그 표정 앞에서, 아내와 상의할 겨를도 없이 수천만 원을 내주었다.

　그때의 나는 의리라는 이름을 믿었고, 그 얼굴을 인간의 진심이라 착각했었다. 이제 와 생각해 보면, 그것은 얼굴이 아니라 잘 닦인 페르소나 가면이었다. 계약서대로 돈을 돌려달라고 하자, 돌아온 말은 개인회생 신청이었다.

　여태 들어보지도 못한 제도였다.

　인간은 이성의 이름으로 살지만, 결정적인 순간에는 짐승보다 더 본능적으로 잔인해진다. 짐승은 살기 위해 물지만, 인간은 이기기 위해 물기 때문이다.

　법정 안에는 예상보다 많은 사람이 앉아 있었다. 채무와 채권이라는 이름으로 얽힌 관계가 세상에 이렇게 많을 줄은 미처 몰랐다. 오늘, 이곳 호실 법정에서 하루에만 처리되는 개인회생은 백 건이 넘는다고 했다.

채권자의 이의가 없고, 당사자조차 출석하지 않은 사건들은 재판관의 짧은 확인 몇 마디로 일괄 승인되었다. 서류 몇 장으로 정리되는 인생들.

법정은 조용했지만, 그 침묵 속에는 각자의 사정과 절박함이 차곡차곡 쌓여 있었다. 개인회생 절차는 '갑'과 '을'의 문제가 아니라, '을'과 '을'이 서로를 향해 몸부림치는 닭장 안의 싸움 같았다.

나의 사건은 이미 이의신청서를 제출한 상태였기에, 심리는 거의 마지막 순서에 배정되었다. 집회가 시작될 즈음, 채무자가 법정으로 들어왔다. 수년 전보다 더 늙고 초라해진 모습이었다. 하지만 연민이라는 감정이 끼어들 자리는 없었다. 우리는 같은 줄에 나란히 앉아 있었다. 그는 분명 복도에서부터 나를 보았을 것이다.

재판관의 호명으로 앞으로 나갔다. 좌우로 나란히 앉은 채, 정면에는 재판관이 높게 앉아 있었다. 이미 제출된 이의 사유서를 검토했는지, 재판관의 표정은 차분했다.

"채권자 최용식 씨, 의견을 말씀해 주십시오."

나는 준비해 온 말을 꺼냈다.

개인회생 신청이 승인되어서는 안 된다는 이유를 최대한 담담하게 진술했다.

채무자의 변제계획서에는 월평균 수입이 53만 원, 생계비가 38만 원으로 기재되어 있었다. 그 돈으로 중형차를 유지하며 생활한다는 것이 이해되지 않는다. 재산이 없다는 주장과 달리, 실제로는 배우자와 자녀 명의로 재산을 숨겼을 정황이 더 또렷해 보인다. 서류상 이혼 상태지만 여전히 같은 집에서 동거인으로 살고 있다는 점 역시 상식적으로 이해하기 어렵다. 나는 개인회생 제도 자체를 부정하지는 않는다고 말했다.

다만 이 사건은 제도의 취지를 악용한 사례로 보인다는 점을 분명히 했다.

재판관은 쟁점을 정리했다. 생계비의 현실성, 재산 은닉 여부, 형식적인 이혼 문제. 그리고 채무자에게 발언 기회를 주었다. 채무자는 갚을 의지가 있었으나 채권자의 독촉으로 상황이 이렇게 되었다고 말했다. 재산 이전(移轉)은 회사 부도로 인한 불가피한 과정이었다고 주장했다. 그러나 재판관은 그 설명이 오늘 심리의 쟁점과는 다르다며 말을 끊었다.

이어 재판관이 내게 물었다.

"사기로 고소한 적은 있습니까?"

아직은 없다고 답했다. 다만 상황을 지켜보며 판단할 것이라고 덧붙였다.

"오늘 진술한 내용에 대한 증거를 제출할 수 있습니까?"

"충분히 확보할 수 있습니다."

재판관은 고개를 끄덕였다.

추가 증거를 제출하면 재심의하겠다는 말과 함께 집회는 마무리되었다.

법정을 나서며 채무자에게 한마디를 건넸다. 양심의 가슴에 손을 얹어 보라고. 그는 담담하게, 마음대로 하라는 말을 남겼다. 뻔뻔함에도 정도가 있다는 생각이 들었다.

버려진 고철처럼, 언젠가는 스스로 녹아내릴 인간이라는 생각도 함께 들었다. 그보다 더 마음이 쓰린 것은 나 자신이었다. 나는 왜 그렇게 쉽게 믿었을까. 나는 참 어리석은, 온실 속에서만 살아온 인간이었다.

법정을 나와 아내에게 전화를 걸었지만 받지 않았다. 잠시 뒤 치과 치료를 받고 있다는 문자가 왔다. 관계인이 아니라는 이유로 법정에 함께 들어오지 못한 아내가 아쉬웠다. 긴장과 흥분이 풀리자, 배 속이 뒤틀렸다. 위장은 내 마음 상태를 누구보다 정확히 알고 있는 듯했다.

아내를 만나, 공원을 함께 걸었다. 말할 힘은 없었지만, 법정에서의 장면들을 파노라마처럼 하나씩 꺼내 놓았다. 아내는 고개를 끄덕이며 내 말을 받아주었다. 힘들고 괴로울 때 내 편이 있다는 사실은 두꺼운 방패 하나를 손에 쥔 것처럼 든든했다. 묽회 한 그릇으로 늦은 점심의 주린 배를 채웠다. 무너진 철탑을 다시 세우려면 많은 시간이 필요하겠지만, 언젠가는 다시 세울 수는 있을 것이다.

어리석음은 남더라도, 진실만은 끝내 되돌려야 한다. 오늘, 재판관 앞에서 해야 할 말은 했다. 그것만으로도 마음 한편이 조금은 가벼워졌다.

집으로 돌아오는 길, 농막에 심어둔 맥문동과 라일락 묘목이 떠올랐다. 며칠째 비가 오지 않아 걱정이었는데, 오늘 저녁부터 비 예보가 있었다. 덫을 풀기 위해서는 차근차근 발을 빼며 더 차분해져야 한다.

삶은 이렇게 어디론가 자꾸만 흘러간다. 법정의 긴장과 인간들의 허하고 씁쓸한 뒷맛, 그리고 라일락 꽃잎에 비를 기다리는 마음이 뒤섞인 채로…….

새벽에 만난 사람

　일주일 만에 다시 맡은 야간 편의점 일은 새벽으로 갈수록 몸을 무겁게 했다.

　졸음과 피로가 파도처럼 밀려왔지만, 자식 가게가 잘된다면 부모로서 더 바랄 게 없다는 생각으로 피로감을 밀어냈다. 고요한 일요일 새벽은 시간이 멈춘 듯 좀처럼 앞으로 나아가지 않았다.

　자정까지는 드문드문 손님이 들어오더니, 새벽이 되자 발길이 뚝 끊겼다.

　스마트폰으로 노래를 듣고 유튜브 강연을 틀어 시간을 견뎠다. 가방에 책과 노트를 넣어 왔지만, 대낮 같은 조명과 쉬지 않고 흘러나오는 노랫소리 속에서는 한 줄도 읽히지 않았다. 집중은 사치였고, 졸음은 숙명이었다.

　새벽 세 시가 조금 지났을 무렵, 노동자 풍의 중년 남자가 들어왔다.

　말없이 매대에서 막걸리 한 병을 집어 들고 계산대 앞에 섰다. 주머니에서 천 원짜리, 오천 원짜리, 꼬질꼬질한 지폐와 동전이 한꺼

번에 쏟아졌다. 그는 오백 원 동전 두 개와 백 원 동전 세 개를 골라 값을 치렀다. 지난 주말에도 본 적이 있는 얼굴이었다.

이 새벽에 무슨 막걸리일까. 잠시 의아했다.

가게 안을 몇 바퀴나 맴돌다 더는 졸음을 견디기 어려워 밖으로 나가 새벽 공기를 마셨다. 원룸촌의 새벽, 일요일 아침으로 넘어가는 시간. 불이 켜진 방들 속에서 잠들지 않은 사람들은 무엇을 하고 있을까, 그런 생각이 스쳤다.

그때 바깥 테이블에 아까 그 남자가 앉아 있었다.

허름한 가방을 풀어 놓고 시든 과일을 앞에 둔 채, 풋고추를 된장에 찍어 막걸리를 통째로 마시고 있었다. 그냥 지나칠까, 하다 말을 걸었다.

"이 새벽에 주무시지 않고 왜 나와 계십니까."

그는 담담히 말했다.

"밤에 잠이 오질 않아서요. 곧 다섯 시쯤 되면 하루 품 팔러 가는 차가 옵니다."

"안 주무시고 힘든 일을 하시겠습니까."

"정신력이 있어서 괜찮습니다."

그는 그렇게 말하곤, 마치 오래 참고 있던 이야기를 풀어놓듯 자신의 삶을 꺼냈다. 이 근처 아파트에서 아내와 두 딸과 함께 산다고 했다. 나는 당연히 혼자 원룸에 살 것이라 짐작했기에 순간 멈칫했다. 묻지도 않았는데 나이를 말했다. 나보다 세 살 아래였다.

일용직으로 주말도 쉼 없이 일하고, 비 오는 날이 유일한 휴일이라고 했다.

젊었을 때 사기를 당한 뒤로는 사람을 절대 믿지 않는다고 했다. 지금 내 앞에 앉아 있는 당신조차도 믿을 수 없다며, 경계의 눈빛을 숨기지 않았다.

가장 가까웠던 회사 동료에게 당했다고 했다.

투자를 함께하자며 땅을 담보로 대출을 받자고 했고, 그는 그 말을 믿었다. 돈은 사라졌고, 고향의 논과 밭은 경매로 넘어갔다. 수억 원의 재산이 하루아침에 증발했다. 군 제대 후 중소기업에 다니며 성실히 살아온 인생이 그날 이후 나락으로 떨어졌다고 했다.

그 기억이 떠오른 듯, 그의 얼굴이 잠시 일그러졌다. 그래서 이제는 누구도 믿지 않는단다. 그러면서도 딸들에게는 "그래도 너희는 선하게 살아라."라고 말한단다.

남루한 옷차림과 달리, 그는 완전히 무너진 사람은 아니었다.

가정이 있다는 사실이 그래도 따스한 위안처럼 느껴졌다. 순간의 판단 오류로 수십 년을 원망 속에 살아온 이 남자에게, 언젠가 해 뜰 날이 오기를 마음속으로 빌었다.

"오늘 일 잘하시고 조심히 다녀오십시오."

그 말을 남기고 가게 안으로 들어왔다.

그를 보며 나 자신을 돌아보았다.

정말 성실하고 친절하며 자상한 사업가라고 믿었던 사람, 바로 그가 아니던가. 우리는 왜 그렇게 쉽게 겉모습을 신뢰할까.

문득 이런 문장이 떠올랐다.

"악은 늘 흉측한 얼굴을 하고 오지 않는다."

사기꾼은 언제나 천사의 얼굴로 다가온다.

나는 아직도 두어 달에 한 번씩 법정을 드나든다. 판사 앞에 설 때마다 느끼는 감정은 비슷하다. 사람은 믿어야 하지만, 동시에 믿을 수 없는 존재라는 사실. 그 모순 앞에서 우리는 귀신에 홀린 듯 같은 오류를 반복한다.

새벽에 만난 그 사람도, 그리고 나도 그랬다.

천사 같던 그 사업가는 지금 수신을 차단했다. 내 전화는 허공에서 메아리만 울린다. 나는 수천만 원을 잃었고, 새벽의 그 사내는 전 재산을 잃었다. 비교할 수는 없지만, 상처의 결은 비슷할 것이다.

우리는 여전히 번듯한 겉모습에 인생을 저당 잡힌다.

잘생긴 얼굴을 내세운 광고에 필요 없는 소비를 하고, 구세주처럼 다가오는 사람에게 삶을 맡긴다. 그리고 뒤늦게 깨닫는다. 믿음이 아니라 욕망이 우리를 이끌었다는 사실을.

한참 뒤 다시 밖으로 나가 보니, 그 남자는 보이지 않았다.

그를 태우러 온 차를 보았는지도 기억나지 않는다. 다만 오늘도 그는 고단한 일터로 향했을 것이다.

악의 덫에 걸려 평생을 고통 속에서 살아가는 사람들을 떠올리면, 세상은 참 매정하다. 법정에서 채무자와 채권자로 마주칠 때, 초췌한 얼굴의 그를 보며 인간적인 연민이 앞선다. 왜 그렇게 인생을 허비하며 살아야 했을까.

새벽의 그 남자를 속인 사람은 지금 어디서 무엇을 하고 있을까.
우리는 어디서 와서 어디로 가는지도 모른 채, 그저 오늘을 버티며 살아가는 존재일 뿐이다.

새벽은 언제나 많은 것을 드러낸다. 잠들지 못한 사람들의 얼굴과, 그 얼굴 속에 숨겨진 인생의 균열을. 그리고 그 균열 속에서, 나는 오늘도 나 자신의 그림자를 본다.

숲에서 마주한 질문

아침에 눈을 뜨자 숲속에 비 떨어지는 소리가 사락사락 들려왔다. 가을을 재촉하듯 밤공기는 서늘하여, 덮었던 이불을 걷어내며 잠자리에서 일어났다. 서둘러 몸과 마음을 깨우고 놀이터로 출근하기 위해 산길을 올랐다.

비에 젖은 푸름이 무성한 숲속의 아침 공기는 맑고도 호젓했다. 물기 묻은 잣나무에서 뿜어지는 짙고 더운 솔내음과 고요가 어우러져 상쾌함이 구름처럼 피어났다. 숨을 고르며 디딤판 계단을 오르고, 산불초소와 운동기구가 있는 정상에 이르렀다. 아침 비 때문인지 사람의 기척은 없었다.

철봉 쪽으로 걸어가다 나뭇가지에 걸린 검은 물체가 눈에 들어왔다. 가까이 다가가는 순간, 숨이 멎을 듯한 소스라침이 온몸을 스쳤다. 그곳에는 사람이 있었다. 두 가닥의 흰 밧줄에 매달린 채, 이미 대답할 수 없는 상태로. 비는 여전히 부슬부슬 내리고 있었다.

나는 본능처럼 뒤로 물러섰고, 큰 소리로 불러보았으나 숲은 침묵으로만 답했다. 신고와 동시에 위치를 설명하고, 기다리는 동안 심장은 방망이질하듯 요동쳤다. 평범한 아침이 한순간에 다른 세계로 넘어가 버린 듯했다.

경찰과 구조대는 산속에서 길을 찾지 못해 여러 차례 전화를 걸어왔다. 그 사이 배낭을 멘 중년의 남녀가 다가왔다. 상황을 듣고는 고개를 돌려 급히 사라졌다. 삶과 죽음의 경계가 너무나 분명히 드러난 자리, 그곳은 누구도 오래 머물 수 없는 자리였다.

한참이 지나서야 구조대와 경찰이 도착했고, 나는 최초 발견자로서 해야 할 말을 남기고 현장을 떠났다.

산에서 내려오는 길에 문득 이런 생각이 들었다.

삶과 죽음은 얼마나 가까이 있는가. 숨을 쉬고 있다는 사실 하나로 우리가 붙들고 있는 이 세상은, 몇 초 만에 놓쳐질 수도 있는 것이 아닌가.

사연은 알 수 없었다. 다만 얼마나 괴로웠으면, 삶을 밀어내는 쪽으로 마음이 기울었을까 하는 생각만이 남았다. 죽음을 선택할 힘이 있었다면, 어쩌면 살아갈 다른 길도 있었을지 모른다. 그러나 그것은 살아 있는 자의 상상일 뿐, 고인의 현실과 무게를 내가 알 수는 없다.

놀이터에 도착했을 때 동료는 말없이 우황청심환을 내밀었다. 나는 괜찮다며 웃었지만, 그 마음이 가슴 깊이 와닿았다. 놀란 가슴을 쓸어내렸을 동료를 생각하는 마음이 따뜻하게 다가왔다.

하루 종일 몸과 마음이 무거웠다.

삶은 무엇인가. 죽음은 무엇인가. 숨이 멎는 순간, 세상은 정말 끝나는 것일까. 우리는 무엇을 위해 이렇게 애써 살아가는가. 질문은 답 없이 이어졌고, 그 질문들마저 살아 있는 자의 특권처럼 느껴졌다.

저녁에 놀이터 직원들과 첫 회식을 했다. 함께 일한 지 두 달 남짓, 아직도 서먹함은 존재했다. 잔을 부딪치며 웃고 떠드는 순간에 친근감은 조금씩 다가온다. 서로 다른 삶을 살아온 사람들이 한자리에 모여 소리칠 수 있다는 사실이 축복처럼 느껴졌다. 살아 있기에 가능한 풍경이었다.

집으로 돌아오는 길, 쉼터 원두막에 잠시 몸을 눕히고 하늘을 올려다보았다.

뿌연 하늘 사이로 늦여름 밤의 별들이 조약돌처럼 반짝이고 있었다. 그 별빛을 보며 감사하다는 말이 자연스럽게 떠올랐다. 매일 해가 뜨고 지는 평범한 하루하루, 그 수 없는 나날들이 사실은 얼마나 기적이며 행운인지를 새삼 깨닫게 되었다.

"오늘이라는 시간은 어제 죽은 사람이 그토록 바라던 내일이다."

삶과 죽음을 동시에 마주한 하루였다.

그래서 더욱 분명해졌다. 내게 주어진 보석 같은 오늘을 헛되이 보내지 말아야 함을, 나와 다른 생각을 가진 사람일지라도 느긋하게 품어야 한다는 것을, 그리고 지금 이 자리에 서 있다는 사실 자체가 이미 삶의 충분한 이유임을.

숲에서 만난 그 질문은 아직도 완전히 사라지지 않았다. 다만 그날 이후로 나는, 살아 있는 날들을 더 기쁨으로, 더 감사하는 마음으로 걸어가고 있다.

우리는 늘 괜찮다고 말해왔다

7월부터 시작한 도시관리공단 놀이터 기간제 일이 이제야 몸에 붙기 시작했다.

퇴직 후 다시 시작한 생소한 일이 처음에는 어색했지만, 무엇이든 시간 앞에서는 결국 자리를 잡는다. 삶도 일도, 익숙해지는 데는 각자의 시간이 필요한 모양이다.

이 일자리를 얻기까지도 순탄하지는 않았다. 공단에 신청서를 내고 면접을 본 뒤 기다렸으나 결과는 불합격. 다만 '대기 1순위'라는 여지를 남겼다. 다행히도 합격자 한 사람이 포기하는 바람에 뒤늦게 일을 시작할 수 있었다. 세상은 늘 그렇다. 너 아니면 나, 단 하나의 자리를 두고 돌아간다.

집 가까운 공원 놀이터로 출근하는 길은 스스로 산길을 택했다. 가파른 디딤판을 밟고 올라 긴 숨을 뿜어낸 뒤, 평탄한 길을 따라 걸으면 놀이터에 닿는다.

그날도 그런 평범한 출근길이었다. 그런데 뒤에서 인기척이 나더니 갑자기 목줄 없는 커다란 개 한 마리가 앞을 가로막았다. 순간 가슴이 철렁 내려앉았다.

개는 주위를 빙빙 돌며 위협하듯 움직였다.

저만치 뒤에서 중년 여자가 걸어오고 있었다. 개 주인임이 분명했다.

"목줄을 채워야지요!"

화를 참지 못하고 소리를 질렀다. 돌아온 대답은 더 황당했다.

"우리 개는 물지 않아요."

물지 않는다는 말이 왜 목줄을 채우지 않아도 된다는 이유가 되는지 이해할 수 없었다. "안 물어요? 목줄을 채우셔야죠." 다시 말하고는 빠른 걸음으로 자리를 떴다. 혹시라도 뒤에서 덥석 물어버리지는 않을까, 한동안 불안에 시달려야 했다.

얼마 전, 우리 지역의 한 아파트에서 목줄 없는 개에게 여덟 살 아이가 물린 사고가 전국 뉴스로 보도됐다. 그렇게 떠들썩했던 일이 불과 며칠 전이었건만, 사람들의 안이함은 좀처럼 달라지지 않는다.

재난과 사고는 언제나 사소함에서 시작된다. 조금만 조심하면 막을 수 있는 일을 "괜찮겠지"라며 넘기는 순간, 위험은 현실이 된다. 내게는 아무 일 아닌 것이 타인에게는 생명을 위협하는 일이 될 수 있다는 사실을 우리는 너무 쉽게 잊는다.

이런 생각을 하며 둘레길을 돌아 놀이터에 도착했다. 평일이었지만, 아이들과 어린이집 단체 방문이 잦은 곳이라 아침부터 주변 정리와 청소에 신경을 써야 했다. 여름철 물놀이장 계류장 청소는 전날 마쳐 두어 비교적 여유가 있었다. 직원들과 담소를 나누며 아이들을 기다리고 있었다.

점심시간이 가까워질 무렵, 엄마 손을 잡고 들어온 네 살쯤 된 남자아이가 울고 있었다. 눈에 벌레가 들어갔다고 했다. 엄마는 어쩔 줄 몰라 하며 아이를 데리고 수돗가로 뛰어갔다. 급히 달려가 도왔지만, 우리 손으로 해결하기에는 조심스러웠다. 망설임 없이 119를 불렀고, 아이는 병원으로 이송됐다.

"눈에 벌레 좀 들어간 걸로 너무 호들갑 아니냐"고 말할 수도 있다. 그러나 사소함을 방치하다가 아이의 눈에 큰 탈이 생기면, 책임을 떠나 정말 큰일 날일이다. 안전에는 '설마'가 통하지 않는다.

출근길의 목줄 없는 개, 아이 눈에 들어간 작은 벌레. 그날 하루는 두 번이나 안전에 대해 곱씹게 했다. 우리는 너무 자주, 너무 쉽게 위험을 대수롭지 않게 여긴다. 그리고 사고가 난 뒤에야 뒤늦게 후회한다.

점심을 먹고 아이들이 놀았던 모래장을 정리하던 중, 아까 그 엄마와 아이가 다시 놀이터를 찾았다. 병원에 바로 가도록 조치해 준 덕분에 제때 치료를 받았고, 다행히 아무 이상이 없었다며 고맙다는 인사를 전했다. 엄마 손을 잡고 생글거리며 웃는 아이의 얼굴을 보니 마음이 놓였다. 그 미소 하나가 하루의 피로를 모두 씻어 주는 듯했다.

현직에 있을 때나, 퇴직 후 놀이터를 지키는 지금이나 내가 짊어진 책임의 무게는 크게 다르지 않다. 안전하고 사고 없는 하루를 지켜내는 일, 그것은 커다란 결단이 아니라 사소함을 그냥 넘기지 않는 태도에서 시작된다.

레프 톨스토이는 『안나 카레니나』에서 이렇게 말했다.

"불행은 어느 날 갑자기 오는 것이 아니라, 알아차리지 못한 채 자라난다."

무심코 넘긴 감정과 관계의 균열이 결국 돌이킬 수 없는 파국으로 이어진다는 이 한마디는 언제나 진실이다.

우리가 아무런 생각 없이 저지르는 안이함은 언제든 재앙의 문을 연다.

안전은 누군가 대신 지켜주는 것이 아니라, 각자가 매 순간 선택해야 하는 책임이다. 오늘도 나는 그 책임을 되새기며 놀이터를 나선다.

사고 없는 하루는 우연이 아니라, 사소함을 놓치지 않은 결과라는 사실을 잊지 않기 위해서다.

원칙과 융통성 사이에서

여름에 시작한 놀이터 근무는 어느새 가을 문턱에 와 있었다. 일은 익숙해졌고, 익숙함은 보람과 즐거움으로 바뀌었다. 손녀 같은 아이들이 미끄럼을 타고 모래성을 쌓는 모습을 보고 있노라면, 그 자체로 하루의 의미가 채워졌다.

미니 기차를 맡던 팀장이 손목 수술로 자리를 비우면서, 며칠 전부터 기차 운행은 내 몫이 되었다. 화창한 가을 휴일, 젊은 부모와 아이들로 놀이터는 북적였다. 기차를 타려는 줄은 길었고, 표를 예매해도 20분 간격의 순서를 몇 차례나 기다려야 겨우 탈 수 있었다.

점심시간이 지난 오후, 한 젊은 아빠가 다가왔다. "한 시간 넘게 기다려야 한다는데요. 중간에 포기하는 사람이 있으면, 먼저 태워 주면 안 될까요?"

나는 양해를 구했다. 기다리는 사람이 너무 많아 원칙을 한 번 어기면 통제가 어렵다는 이유였다.

몇 바퀴를 더 돌고 승차장으로 돌아오니, 그 사람이 뒤로 가지 않고 다시 서 있었다. 다음 운행을 앞두고 예매자 8명 중 2명이 탑승 시간까지 나타나지 않았다. 여러 차례 안내 방송을 했지만 끝내 오지 않았다. 그 순간, 원칙과 융통성이 정면으로 마주 섰다.

'남는 자리에 그 젊은 아빠의 아이를 태워도 될까?' 머릿속 계산이 빠르게 오갔다. 하지만 원칙을 깨는 순간, 그다음은 통제의 붕괴였다. 결국 6명만 태우고 출발했다. 남은 두 자리를 바라보는 대기자들의 시선이 등에 꽂혔다. 젊은 아빠도 그랬지만 누구라도 자기 아이를 먼저 태워주길 바랐을 것이다.

살다 보면 우리는 늘 갈림길에 선다. 이것이 맞을까, 저것이 맞을까. 원칙과 융통성이 충돌할 때, 많은 사람은 융통성이 현명하다고 말한다. 원칙은 고지식함으로, 융통성은 미덕으로 쉽게 구분된다.

하지만 나는 다르게 생각한다. 원칙은 우리가 수십 년에 걸쳐 쌓아온 신념의 총합이다. 중심이 무너질 때, 삶이 어디까지 흔들리는지도 우리는 숱하게 보아왔다. 물론 놀이터 미니 기차 운행에 인생을 들먹이는 게 과한 비유일지도 모른다. 그럼에도 생각은 분명했다.

융통성은 원칙을 지운 자리가 아니라, 원칙 이후에 선택되는 차선이어야 한다. 지금의 상황은 차선이 아니었다. 한 사람의 편의를 위해 여러 사람의 공평함을 깨는 순간, 그것은 융통성이 아니라 특혜가 된다.

기차가 한 바퀴를 마치고 돌아오자, 관리사무실에서 연락이 왔다. 공단에 민원이 접수되었다는 것이다. '융통성 없이 운행한다'는 항의였다. 상황을 설명해 달라는 요청에, 나는 차분히 경위를 전했다. 충분한 소명이 되니 그렇게 정리하자고 했다.

단순히 기차만 운행하면 될 줄 알았는데, 여기에도 마음을 소모

하는 일이 있었다. 세상에 편안하고 자유로운 자리는 따로 없는 모양이다.

나는 다시 생각했다. 원칙을 버린 융통성은 편의에 그치고, 원칙을 지킨 불편함은 결국 신뢰로 남는다. 물론 원칙보다 융통성이 필요한 순간도 분명히 있다. 그러나 한 사람만 편해지고 다수가 불공평해진다면, 그것은 결코 현명한 선택이 아니다.

20분 간격으로 달리는 미니 기차의 대기 줄은 여전히 길게 이어졌다. 기차는 오늘도 정해진 속도로, 정해진 원칙을 따라 천천히 달리고 있었다.

다음 날 출근하면서 나는 같은 질문을 마음속에서 여러 번 되뇌었다. '조금만 융통성을 부렸다면 어땠을까.' 하지만 시간이 지나도 답은 달라지지 않았다. 그 선택이 옳았는지는 결과가 아니라 과정이 말해 주었다. 누구도 예외가 되지 않았고, 누구도 더 불리해지지 않았다는 사실이 그 증거였다.

퇴직 후의 삶은 자유로울 것으로 생각했지만, 실제로는 또 다른 책임의 연속이었다. 다만 젊은 시절과 다른 점이 있다면, 이제는 그 선택을 스스로 할 수 있다는 것이다. 편해 보이는 길이 늘 옳은 것은 아니며, 불편한 선택이 오래 남는 가치를 지킨다는 것도 이제는 안다.

놀이터 미니 기차는 작고 느리다. 그러나 그 위에서 배운 원칙은 절대 작지 않았다. 인생의 속도를 조절하는 것은 융통성이 아니라, 지켜야 할 기준이라는 것을 미니 기차는 가르쳐 주었다.

느긋해진 마음이 남긴 인연

　차에 흠집을 냈다며 상대 차주가 지하 주차장으로 내려올 수 있 겠느냐고 전화를 해왔다. 잠시 소파에 기대어 눈을 붙였다가 받은 전화였다. 낯선 번호였지만, 왠지 그냥 넘길 수 없어 전화를 받았 고, 사정을 듣고는 바로 내려갔다.

　지하 주차장 한쪽에 나와 비슷한 연배의 남자가 서 있었다. 표정 은 잔뜩 굳어 있었고, 미안함이 얼굴에 그대로 드러나 있었다. 그가 가리킨 쪽을 보니 앞 범퍼에 살짝 표시가 나 있었다. 크게 눈에 띄 는 흠집은 아니었지만, 그렇다고 아무 일 없었다고 넘기기에도 애매 한 흔적이었다.

　그는 연신 고개를 숙이며 어떻게 하면 좋겠느냐고 물었다. 나 역 시 선뜻 답이 나오지 않아 "글쎄요, 어떻게 하면 좋을까요?" 하고 되물었다. 그러자 조심스럽게 흠집 제거용 왁스로 최대한 지워보겠 다고 했다. 신차도 아니고, 같은 주차장을 쓰며 살아가는 이웃인데 그 정도 성의라면 충분하겠다는 생각이 들었다. 그렇게 해달라고 말했다.

　다음 날, 왁스로 문지른 자리는 완전히 사라지지는 않았지만, 자세히 보지 않으면 티가 나지 않을 정도였다. 그는 겸연쩍은 웃음을 지으며 여전히 미안하다는 말을 반복했다. "같이 차 모는 처지에 충분히 이해합니다. 괜찮습니다."라고 말하며 돌아섰으나 그는 기어이 보상해야 한다며 다시 다가왔다. 그때 문득 마음속에서 하나의 다짐이 떠올랐다.

'이제는 예전처럼 살지 말자.'

젊은 시절의 나는 너그러운 사람이 아니었다. 따지기 좋아했고, 조급했으며, 누군가의 실수나 무례함이 눈에 띄면 그냥 넘어가지 못했다. 버럭 화부터 내고, 상대방의 입장을 헤아릴 여유 따위는 없었다. 늘 무언가에 쫓기듯 살아왔고, 그 긴장과 분노를 스스로 짊어지고 살았다.

나이가 들고, 책을 읽고, 마음을 다잡아도 타고난 성정은 쉽게 바뀌지 않았다. 그래도 이제는 조금씩 달라지고 싶었다. 사람을 대할 때만큼은 느긋해지고 싶었다. 상대를 위해서라기보다, 결국은 나 자신을 위해서였다.

예전의 나였다면 그날 지하 주차장에서 분명 화부터 냈을 거라는 걸 잘 알고 있었다. 하지만 이번에는 그렇게 하지 않았다. 상대방의 실수를 있는 그대로 받아들이기로 했다. 함께 살아간다는 것은 완벽함이 아니라, 이런 작은 어긋남을 서로 덮어 주는 일이라는 생각이 들었다.

집으로 올라와 책을 읽고 있는데 초인종이 울렸다. 문을 열자, 마트 여주인이 과일 바구니를 들고 서 있었다. 어떤 남자분이 배달을 시켰다는 말에 단번에 그 사람임을 알아차렸다. 연락했더니 너무 미안하고 고마운 마음에 작은 성의를 표한 것이라며 꼭 받아 달라고 했다.

지하 주차장에서 올라오며 '이 일은 여기서 마무리하자'라고 마음 먹었지만, 가만히 생각해 보니 이것마저 거절하면 그 사람 마음에 또 다른 짐을 얹는 것 같았다. 감사 인사를 전하고, 다음에 소주 한 잔하자며 먼저 손을 내밀었다.

그렇게 너그러워지기로 한 다짐의 첫 번째 사건은 조용히 마무리되었다.

그로부터 두 주쯤 지났을 무렵, 아들 가게에서 일을 돕고 있었다. 문을 열고 들어온 중년 남자와 젊은 여자가 눈에 띄었다. 어디선가 본 얼굴 같았지만, 선뜻 떠오르지 않았다. 그 남자 역시 나를 보며 고개를 갸웃하는 눈치였다.

그때 주방에서 나온 아들이 "안녕하세요" 하며 인사를 건넸다. 친구 아버지라며 나를 소개하는 순간, 퍼뜩 지하 주차장의 그 장면이 떠올랐다. 서로를 알아본 우리는 자연스럽게 미소를 지으며 안부를 나눴다. 그는 딸과 함께 아들 친구 가게에 점심을 먹으러 왔다고 했다. 이 가게 사장인 아들과 제 자식 사이에 우리가 그런 인연일 줄은 전혀 몰랐다고 했다.

그 순간 문득 이런 생각이 스쳤다. 만약 그날, 차 흠집을 두고 내가 큰소리를 치고 야박하게 굴었다면 오늘 이 자리는 얼마나 어색했을까. 얼굴이 화끈거렸다. 사람과 사람 사이의 인연이란, 어디서 어떻게 다시 이어질지 모르는 것이 세상살이임을 새삼 실감했다.

아무리 일면식 없는 사이라 해도 함부로 대하지 말아야 하는 이유가 바로 여기에 있었다. 세상은 생각보다 좁고, 인연은 돌고 돈다. 옛말에 우물에 침을 뱉고 고향을 떠난 사람도 언젠가는 다시 그 우물을 마실 날이 올 수도 있다고 했다. 그 말이 결코 과장이 아님을 이 경험이 증명해 주었다.

잘못된 인연처럼 보였던 만남도, 돌아보면 하늘이 내려준 관계일지 모른다.

서로의 실수를 탈 없이 넘겼기에 우리는 다시 만나 웃으며 악수를 나눌 수 있었다. 역지사지의 마음은 결국 선물이 되어 돌아온다.

타고난 성정은 쉽게 바뀌지 않는다. 하지만 마음먹기에 따라, 조금씩은 달라질 수 있다. 느긋해진 마음 하나가 관계를 살리고, 나 자신을 편안하게 만든다. 나이 듦의 성숙이란, 어쩌면 이렇게 한 걸음 물러서서 사람을 품는 법을 배우는 과정인지도 모르겠다.

이제는 안다. 너그러움은 손해가 아니라, 언젠가 반드시 되돌아오는 삶의 품격이라는 것을.

숫 한 번에 울고 웃는 인생

모든 것은 결국 마음이 결정한다.

기쁨도, 때로는 예고 없이 찾아오는 우울함도 그 근원은 바깥에 있지 않다. 우리는 흔히 세상이 나를 이렇게 만들었다고 말하지만, 조금만 깊이 들여다보면 그 모든 감정은 내 마음이 선택한 결과임을 알게 된다. 해가 뜨고 구름이 흘러가는 일에는 아무런 의도가 없다. 자연은 그저 자기 순리를 따라 흘러갈 뿐이다. 그 속에서 살아가는 우리는 오늘도 숨 쉬고, 걷고, 생각하며 하루를 보낸다.

그런데 인간은 유독 자기 관점으로 세상을 재단하려 든다. 보고 싶은 것만 보고, 믿고 싶은 것만 믿는다. 그렇게 만들어진 생각의 틀은 곧 편견이라는 울타리가 된다. 이 울타리는 처음엔 나를 보호하는 것처럼 보이지만, 시간이 지날수록 시야를 가두고 삶을 단순하게 만든다. 아이러니하게도 우리는 그 울타리 안에서 가장 큰 확신을 느끼며 살아간다. '내가 옳다'는 믿음이 굳어질수록, 세상은 점점 더 불편해진다.

사람들은 자신의 시선만이 정답이라고 고집하는 이를 두고 흔히

'꼰대'라고 부른다. 하지만 그 말 속에는 사실 우리 모두의 모습이 조금씩 담겨 있다. 세상은 내 생각대로만 흘러가지 않는데도, 우리는 종종 그 사실을 잊는다. 그럴 때 필요한 말은 어쩌면 아주 단순하다.

"그럴 수도 있겠구나."

이 한마디는 세상을 향해 한 걸음 물러서는 태도이자, 스스로를 좁은 틀에서 꺼내는 문장이다. 물러서서 바라볼 때 비로소 보이는 것들이 있다.

겉모양이 사각이라고 해서 그 안의 내용물까지 사각일 리는 없다. 우리는 늘 눈에 보이는 현상에 매달린다. 결과와 성과, 겉으로 드러난 모습에만 마음을 쏟는다. 그러나 삶을 깊게 만드는 것은 언제나 보이지 않는 것들이다. 마음의 방향, 생각의 진행, 질문의 깊이 같은 것들 말이다. 그것을 알아차릴 때 삶은 비로소 단순한 반복을 넘어선다.

파도가 밀려왔다가 밀려가듯, 생각 없이 흘려보내는 하루는 그저 끌려가는 삶일 뿐이다. 하루를 살았다고 해서 모두가 같은 하루를 산 것은 아니다. 누군가는 시간을 소비하고, 누군가는 시간을 통과한다. 그 차이는 스스로에게 질문을 던졌는가에 달려있다. 나는 오늘 어떤 마음으로 살았는가, 무엇을 보고 무엇을 지나쳤는가. 그 질문에 대한 답을 사색으로 찾아가는 사람만이 자기 삶의 중심을 단단히 세울 수 있다.

우리는 어디로 가고 있는 걸까.

어쩌면 어디로 가는지도 모른 채, 길 위를 하염없이 걷고 있는 것이 인생인지도 모른다. 마르쿠스 아우렐리우스는 『명상록』에서 이렇게 말한다.

"당신의 생애는 짧은 한순간에 불과하며, 몸담고 있는 곳은 지구상의 한 모퉁이일 뿐이다."

이 문장을 읽을 때마다 마음이 숙연해진다. 인생은 한바탕 봄꽃 피는 꿈과도 같은데, 우리는 그 꽃이 언젠가 진다는 사실을 잊고 산다. 잊은 채로 더 많이 가지려 하고, 더 오래 붙잡으려 애쓴다.

오늘도 나는 축구장을 열 바퀴 달렸다. 숨이 가빠질 즈음, 중년 두 팀의 축구 경기를 한참 바라보았다. 승부란 결국 상대 골대에 공을 더 많이 넣는 것이다. 단순한 규칙이지만, 그 안에는 인간의 모든 욕망과 노력이 담겨 있다. 우리는 평생 저마다의 골대를 향해 달린다. 단 한 골이라도 더 넣기 위해 속도를 높이고, 방향을 바꾸고, 넘어졌다가 다시 일어난다.

하지만 인생의 공은 생각보다 자주 골대를 빗나간다. 때로는 골대를 맞고 튕겨 나오고, 때로는 엉뚱한 방향으로 흘러가 버린다. 어제 보았던 한국과 브라질의 축구 경기처럼, 삶에도 때로는 설명하기 힘든 점수판이 걸린다. 0 대 5라는 숫자 앞에서 우리는 그 참혹함을 견디지 못했다. 그 순간에는 패배가 모든 것을 말해주는 듯했다.

괜찮다.

실력을 키우고, 상대 팀을 분석하고, 지난 실패를 지우며 또 일어나 싸우면 된다.

둥근 공이 골대 안으로 정확히 들어가는 그 한순간을 위해 우리는 수없이 실패를 감수한다. 인생도 다르지 않다. 한순간의 "슛!" 소리와 함께 우리는 울고 웃는다. 그 짧은 찰나가 그동안의 모든 시간을 설명해 준다. 그래서 삶은 잔인하면서도 아름답다. 결과를 장담할 수 없기에, 다시 뛰는 용기가 더 소중해진다.

오늘을 어떤 마음으로 살았는가.

그 질문을 품고 하루를 마무리할 수 있다면, 비록 골을 넣지 못한 날이라 해도 그 하루는 헛되지 않을 것이다. 우리들의 인생이라는 경기는 아직 끝나지 않았으니까.

우리는 어디서 왔을까

손녀, 가윤이와 이서가 이 세상에 태어난 지도 벌써 몇 해가 지났다. 아내와 공원을 걸을 때면 문득 그런 이야기를 나누곤 한다.

"저 아이들은 어디서, 어떻게 우리 곁으로 왔을까."

어제까지 분명 이 지구에 없던 존재가 어느 우주의 문을 지나 내려온 듯 나타났다.

그 신비로움, 앞에서 우리는 자신도 어디서 왔는가를 되묻게 된다. 아무리 생각해도 알 수 없는 근원, 그것이 삶의 신비다.

오늘은 경주 문중에서 조상께 감사의 마음을 드리는 가을 묘제가 있었다.

세상은 참 많이 변했다. 예전처럼 모두가 같은 방식으로 살지도 않고, 같은 가치를 공유하지도 않는다. 그럼에도 나는 여전히 '뿌리'라는 단어 앞에서 발걸음을 멈추게 된다.

수백 년, 수천 년의 시간이 흘러도 흔들리지 않는 것이 있다면, 그것은 결국 우리가 어디서 시작되었는가 하는 질문일 것이다.

솔직히, 나 역시 요즘 시대에 묘제나 문중이 과연 무슨 의미가 있을까, 라는 생각을 종종 했다. 내 가족이 평안하고, 자식들이 잘 살아가면 그것으로 충분한 것 아닌가 하는 마음도 들었다.

그래서인지 예전에는 당연하게 이어지던 추수 뒤 묘제도, 설과 추석의 차례도 어느새 하나둘 사라져 간다. 바쁘고 복잡한 세상에서 그런 변화는 자연스러운 흐름처럼 느껴지기도 했다.

그런데 오늘, 문중 사람들이 한자리에 모인 모습을 보며 생각이 달라졌다.

해마다 얼굴을 마주하는 분들도 있었지만, 오늘 처음 보는 낯선 얼굴들도 눈에 띄었다. 내 성(姓)을 가진 사람들, 자세히 보니 내 모습과 닮은 사람들이었다.

피를 물려받았다는 것은 이렇게 얼굴과 몸짓 속에 남아 있는 것인지도 모른다.

그 순간 문득 이런 생각이 들었다. 대를 이어 분명 같은 뿌리에서 나왔는데, 서로 만나지 않으면 우리는 그저 남이 되어버린다는 사실 말이다.

오늘 같은 자리가 없었다면, 우리는 한 뿌리를 가진 채 평생 서로를 모른 채 살아갔을 것이다. 같은 조상을 두고도, 길에서 스쳐 지나가도 알아보지 못하는 사람이 되었을지도 모른다.

아마 그래서 우리 문중은 매년 가을 묘제를 이어오고 있는지도 모르겠다.

조상 앞에 향을 피우고, 잔을 올리는 일은 단지 오래된 의식을 반복하는 행위가 아니었다. 그것은 "우리가 어디서 왔는가"를 몸으로 기억하는 시간이었다.

조상이라는 말은 멀게 느껴질 수 있다. 그러나 가만히 생각해 보면, 그분들도 한때는 우리처럼 하루를 살던 사람들이었다. 자식을 키우고, 먹고사는 걱정을 하며, 기쁨과 슬픔을 나누며 평범한 삶을 이어갔을 것이다.

그 수많은 하루가 이어지고 이어져, 결국 오늘의 내가 여기 서 있다.

그리고 지금 이 자리에 서 있는 우리 역시, 언젠가는 후손들에게 오늘처럼 절을 받을 날이 올 것이다. 그때 우리는 어떤 기억으로 남게 될까.

손주를 바라보며 우리는 비로소 시간을 실감한다.

내 삶이 단절된 하나의 점이 아니라, 길게 이어진 선의 한 부분이라는 사실을 말이다.

세상이 아무리 변해도, 인간이 어디서 와서 어디로 가는지 명확히 알 수 없는 존재라 해도, 뿌리만큼은 쉽게 지워지지 않는다.

오늘의 묘제는 나에게 그런 근원을 다시 떠올리게 해주었다.

그리고 손주들이 언젠가 삶의 어느 지점에서 오늘의 나처럼 "나는 어디서 왔을까"라는 질문을 하게 된다면, 그 물음에 부끄럽지 않은 어른으로 남고 싶다는 마음도 함께 안겨 주었다.

조금 더 단단해지는 날

"세상에 공짜는 없다."

그 말을 나는 아내와 아들에게 수없이 해왔다. 그런데 정작 그 말을 가장 먼저 지켰어야 할 사람은 나 자신이었다.

며칠 전 건강식품을 시식해 보고 주변에 홍보를 부탁한다는 전화가 왔다. 친절한 여성의 목소리와 매끄러운 설명은 물품 택배비만 부담하면 된다고 했다. 찜찜했지만, 순간적으로 괜찮겠네, 라는 가벼운 마음으로 물음에 답을 해주었다. 공짜라는 말이 주는 달콤함은 생각보다 강했다. 나는 그 혹함에 잠시 마음을 내주고 말았다.

택배 상자가 도착했다. 홍보 물품이라 해서 작은 상자를 예상했지만, 상자는 제법 컸다. 불안한 예감은 대개 맞는다는 말은 정확했다. 상자를 열어보니 홍보용 외에 정품이 함께 들어 있었다. 설명서를 읽는 순간 아연할 수밖에 없었다. "정품을 개봉하여 훼손할 경우 반품 불가." 이것이 어떤 구조인지 단번에 이해됐다. 만약 설명서를 보지 않고 정품을 뜯어버렸다면 꼼짝없이 값을 물어야 했을 것이다.

참, 팔아먹기 위한 꼼수도 가지가지라는 쓴웃음이 나왔다.

유사품 방지를 위한 조치라느니, 연구소 특허 제품이라느니, 하는 말은 그럴듯해도 소비자의 방심과 욕심을 이용하는 얄팍한 상술에 지나지 않는다.

조금 뒤 전화벨이 울렸다. 중년여성의 목소리는 다짜고짜 물건을 잘 받았느냐고 물었다. 처음 전화할 때는 없던 말들이 쏟아졌다. 가격을 묻자 무슨 대학 연구소 특허라며 터무니없는 금액을 불렀다. 나는 왜 이런 방식을 쓰느냐고 따져 물었다. 돌아온 답은 "며칠 후 정품을 수거하러 가겠다"는 덤덤한 말뿐이었다. 걸려들면 한탕 하는 거고, 아니면 돌려받으면 된다는 식의 상술, 참 어이없는 우롱의 처사였다. 우리 세대의 허점을 노리는 것 같아서 불쾌감이 치솟았다.

나는 단호하게 말했다. 홍보용이고 정품이고 간에 손도 대지 않았으니 모두 반품해 가라고. 전화를 끊고 나서야 씁쓸함이 밀려왔다. 그리고 부끄러웠다. 순간의 혹함에 마음이 흔들렸다는 사실 때문이다.

사람은 이성적 존재라지만, 사실은 감정과 욕망에 더 쉽게 끌리는 존재인지도 모른다.

'공짜', '한정', '특허', '오늘만' 같은 단어들은 우리의 판단력을 흐린다. 머리는 분명 아니다 하면서도 마음은 혹시나 하고 슬쩍 옷자락을 당긴다.

그 '혹시나'가 바로 덫이 아닐까.

우리 세대는 오랜 세월 대부분 성실하게 살아왔음을 자부한다. 남을 속이기보다는 속지 않으려 애써온 세대가 아닐지도 모른다. 그래서 오히려 이런 얄팍한 상술에 당황하기 쉽다. 우리는 정직을 기본값으로 두고 세상을 바라본다. 그러나 세상은 오히려 그 정직함을 이용하려 접근한다.

보이스피싱도 다르지 않을 것이다.

자녀가 위기에 처했다는 급박함, 금융기관 사칭 대출 안내, 수사기관 사칭 협박, 모두가 '지금 당장', '당신만', '비밀 유지'를 강조한다. 판단할 시간을 빼앗고, 두려움이나 기대를 자극한다. 인간의 감정을 흔들어 이성을 무너뜨리는 방식이다.

우리는 자녀 걱정에 약하고, 노후 불안에 민감하다. 건강, 투자, 대출, 연금, 보험이라는 말에 귀가 먼저 열린다. 상대는 그 지점을 정확히 파고든다. 친절한 말투, 전문 용어, 공신력 있는 기관 이름을 앞세운다. 그러나 아무리 그럴듯해도 기억해야 할 단 하나의 원칙이 있다.

세상에 공짜는 없다.

인생에서 쉽게 얻어지는 것은 없다. 공짜처럼 보이는 것 뒤에는 반드시 계산서가 따라온다.

세상에는 여전히 정직하게 살아가는 사람이 더 많다는 사실을 믿고 싶다.

그러나 믿음과 방심은 다르다. 사람을 믿되, 거래는 확인하자. 친절을 받아들이되, 조건은 꼼꼼히 읽자.

순간의 유혹은 달콤하지만, 후회는 오래 남는다.

다시 한번 마음에 새겨 보았다. 세상에 공짜는 없기에 쉽게 얻으려는 욕심이 가장 비싼 값을 치른다는 것을.

정직하게 사는 길이 가장 느려 보여도, 결국 가장 안전한 길이 아닐까.

이번 꼼수에 다행히 걸려들지는 않았지만, 자신을 돌아보는 계기는 되었다.

유혹 앞에서 한 걸음 물러서는 지혜, 욕심 앞에서 멈출 줄 아는 절제를 우리는 알아야 한다. 앞으로도 수많은 유혹이 찾아오겠지만, 나는 그때마다 이 경험을 떠올리며 어리석은 생각을 물리치려 할 것이다.

우리의 남은 시간을 위하여

50, 60이라는 나이는 흔히 인생의 내리막으로 오해된다. 그러나 이 나이를 살아보니, 오히려 아직 무엇이든 선택할 수 있다는 징표에 가깝다는 생각이 든다. 다만 분명한 사실 하나는, 이 시간들이 무한하지 않다는 점이다. 그래서 더욱 함부로 흘려보낼 수 없고, 아무렇게나 소비할 수도 없다. 남은 시간은 줄어들었지만, 그만큼 하루의 밀도는 더 짙어질 수 있다.

퇴직 이후 5년 동안 나는 하루하루를 '진짜 내 시간'으로 만들기 위해 애써왔다. 누군가 짠 일정표가 아닌, 조직의 요구가 아닌, 오롯이 나 자신에게서 시작되는 하루를 살고 싶었다. 그 과정에서 특별한 성취를 이룬 것도, 눈에 띄는 결과를 만든 것도 아니다. 다만 하루를 돌아보고 기록하는 일을 멈추지 않았고, 그 기록들 가운데 60편을 골라 이 책에 담았다. 이 글들이 독자들에게 어떻게 다가갔는지의 판단은 각자의 몫이다. 나에게는 그저, 내가 살아낸 시간의 흔적일 뿐이다.

이제는 어떤 일을 마주할 때마다 '잘해야 한다'는 생각보다 먼저 이런 질문을 던지게 된다.

"이 일은 나에게 무엇을 말하고 있는가."

"이 시간은 나를 어디로 이끌고 있는가."

젊은 시절에는 성과와 평가가 기준이었지만, 지금은 의미와 방향이 더 중요해졌다. 남에게 설명하기 위한 삶이 아니라, 나 스스로 납득할 수 있는 삶을 살고 싶어졌기 때문이다.

그래서 나는 점점 '자아가 이끄는 삶'을 의식하게 되었다.

여기서 말하는 자아는 역할로서의 내가 아니다. 가장이라는 이름, 직장인이라는 명함, 사회가 부여한 수식어를 벗겨낸 뒤에도 남아 있는, 절대적인 '나'이다. 그 자아는 늘 조용히 말을 걸어왔지만, 우리는 너무 오랫동안 듣지 못한 척하며 살아왔다.

현직에 있을 때 우리는 자의든 타의든 명령에 반응하며 살았다. 조직의 목표에 나를 맞췄으며, 가족을 책임진다는 이유로 나의 목소리는 뒤로 미뤄두었다. 그것이 내가 이 자리에서 해야만 하는 최선의 삶이라 여겼다. 그러나 이제는 다르다. 우리는 더 이상 그렇게 살지 않아도 된다. 늦었기 때문이 아니라, 지금이기 때문이다.

나는 이 시간을 '진정한 우리의 시대'라고 부르고 싶다.

누군가의 기대에 맞추지 않아도 되고, 세상의 속도에 끌려가지 않아도 되는 시기. 대신 나에게 묻고, 나에게 답하며 살아갈 수 있는 시간이다. 그 선택의 결과가 크지 않아도 괜찮다. 하루가 조용하고 단순해도 괜찮다. 중요한 것은 그 하루가 내 것이었느냐는 질문이다.

우리가 꿈꾸는 것은 대단한 인생이 아니다. 우리가 바라는 것은 '완전한 하루'다. 여기서 말하는 완전함이란, 일정이 빼곡한 하루도 아니고, 목표를 모두 달성한 하루도 아니다. 오늘 하루를 통째로 나만의 시간으로 받아들이는 것, 그 하루를 살았다는 사실을 스스로 인정해 주는 것이다. 완전한 하루는 성취가 아니라 존재의 확인에 가깝다.

걷고, 읽고, 쓰는 일은 그래서 중요해졌다. 걷는 동안 나는 내 몸의 속도를 되찾고, 읽는 동안에는 내 생각의 폭을 넓히며, 쓰는 시간에는 하루를 정리하고 나 자신을 마주한다. 이 단순한 반복이 나를 다시 중심으로 돌려놓는다. 하루가 나를 소모 시키는 것이 아니라, 내가 하루를 살아내고 있다는 감각을 준다.

이 책을 덮는 순간, 독자의 삶에 극적인 변화가 일어나기를 바라지는 않는다. 다만 내일의 하루를 조금 다르게 바라보게 된다면, 그걸로 충분하다. 오늘 하루를 어떻게 보낼 것인가를 잠시라도 생각해 본다면, 그 하루는 이미 어제와는 다를 것이다.

우리의 남은 시간은 생각보다 빠르게 흐를 것이다. 그래서 더욱 천천히, 그러나 분명하게 살아야 한다. 하루를 모아 인생을 만들기보다는, 하루 자체를 삶으로 대하는 태도. 그것이 이 나이에 어울리는 삶의 방식이 아닐까.

내일도 나는 다시 걷고, 읽고, 쓸 것이다. 그렇게 또 하나의 완전한 하루를 만들기 위해서. 그리고 그 하루가 모여, 나의 남은 시간을 조용히 완성해 갈 것이다.

걷고, 읽고, 쓰는

완전한 하루

초판 1쇄 2026년 4월 03일

지은이 최용식
발행인 김재홍
교정/교열 김혜린
디자인 박효은
마케팅 이연실

발행처 도서출판지식공감
등록번호 제2019—000164호
주소 서울특별시 영등포구 경인로82길 3—4 센터플러스 1117호(문래동1가)
전화 02—3141—2700
팩스 02—322—3089
홈페이지 www.bookdaum.com
이메일 jisikwon@naver.com

가격 18,000원
ISBN 979—11—5622—990—2 03810